새 집을 지으면

정재근 지음

시인이자 철학이 있는 정책을 찾아 나선 행정평론가
가슴 따뜻한 인문학적 행정의 주창자
정재근 (전)행정자치부차관의 자전적 詩

새 집을 지으면

초판 1쇄 발행 2018년 12월 1일
초판 2쇄 발행 2018년 12월 25일

지 은 이   정재근
발 행 인   권선복
편   집   전재진
디 자 인   유수정
전 자 책   서보미
발 행 처   도서출판 행복에너지
출판등록   제315-2011-000035호
주   소   (07679) 서울특별시 강서구 화곡로 232
전   화   0505-613-6133
팩   스   0303-0799-1560
홈페이지   www.happybook.or.kr
이 메 일   ksbdata@daum.net

값 12,000원
ISBN   979-11-5602-666-2   (03810)

도서출판 행복에너지는 독자 여러분의 아이디어와 원고 투고를 기다
립니다. 책으로 만들기를 원하는 콘텐츠가 있으신 분은 이메일이나 홈
페이지를 통해 간단한 기획서와 기획의도, 연락처 등을 보내주십시오. 행
복에너지의 문은 언제나 활짝 열려 있습니다.

*

아버지, 어머니,

당신들과 함께해온 제 삶의 족적을 詩의 형식으로 올립니다.

사랑합니다, 고맙습니다.

시인의 말

우리 모두는 오늘도 책을 쓰고 있습니다.

"나는 지금 내 인생을 어떤 책으로 쓰고 있을까
이 한 생 마감하는 그날
한 권의 책이 세상에 나오는 그날
그 책은 나오자마자 사과상자로 들어갈까
간직하고픈 몇 권의 인문학 책으로 남을까..."
(시, '인문학적 삶' 중에서)

33년의 공직을 무사히 마친 것이 저의 노력과 능력 때문인 줄 알았습니다. 그런데 이 모든 것이 저를 사랑하는 사람들 덕분이라는 것을 깨달았습니다. 더 늦기 전에 부모님, 아내, 아이들, 후배, 동료, 이웃들에게 사랑한다는 말을, 고맙다는 말을 하고 싶었습니다. 그 마음을 하나씩 시로 만들어 이 책의 '가족, 고향, 이웃, 환생, 동체대비' 편에 담았습니다.

삶의 족적과 주장이 일치하는 글을 쓰고 싶었습니다. 주장을 하려면 그 주장에 부끄럽지 않도록 내가 먼저 엄격해야 한다고 생각했습니다. 그저 살지 않고, 정말 살기 위해 애쓰는 몸부림을 '새 집을 지으면, 선비' 편에 담았습니다.

이 책으로 인해 아버지를 보내신 후 이제야 조금 안정을 찾으신 어머니가 또 우실까봐 걱정입니다. 마지막까지 시집 발간을 망설인 이유입니다.

그래도 이쯤에서 제 삶의 족적을 정리하고 싶었습니다. 외람되이 저자연보라는 구질함을 책 뒤에 붙인 이유입니다.

남은 삶의 모습에 대한 새로운 의지도 담고 싶었습니다. 그래서 후기(後記)를 대신하여 아버지와 장인어른이 돌아가신 후 지인들에게 약속했던 말들을 올렸습니다. 인생의 큰 변곡점에서 제 자신에게 했던 약속을 되새김질하여 앞날의 지표로 삼고자 합니다.

투명한 햇빛이 은행나무 잎을 맑게 물들이는
2018년 늦은 가을
효우정에서 정재근 올림

차 례

제1부 새 집을 지으면

제2부 가족

〈가족_아내〉

제3부 고향

제4부 이웃

제5부 선비

제6부 환생

제7부 동체대비

1부
새 집을 지으면

새 집을 지으면 1

새 집을 지으면
제일 먼저 솟대를 세울 거다

기껏 허리춤과 견주는
나지막한 막대에
새 한 마리 달랑 붙은
작은 솟대가 아닌

큰 나무
가지가지마다
새들이 흠뻑 깃든

그래서 나무 뒤로 석양이 흐르면
태고적 그 새들이 삼족오처럼
태양 속에 점점이 박히고
밤에는 달에서 옥토끼와 함께 두런대는

가끔은 햇살보다 더 눈부신 별빛을
등 위에 짊어진 채

어릴 적 머리맡 벽걸이 옷장*에서 헤엄치던
빨강 주홍 붕어들과도 속삭이는

그런 나의 새 하나씩에
소중한 추억 하나씩 심으면

비로소 나의 새들은
해와 달과 별과 바람과 함께
아련한 추억의 詩로 환생하여

나의 나무에 주렁주렁 매달리는
그런 솟대 말이다

*벽에 옷을 걸고 커튼 같은 천으로 늘어 덮었다. 그 천의 밑 부분에는
어머니가 수놓은 붕어들이 있었는데 잠자리에 누우면 붕어들이 내 얼
굴 저편에서 놀고 있었다.

새 집을 지으면 2

새로 지을 집은
하늘로 창을 내고 싶다

내 삶의 전부를 보여줄
내 마음 어리비친 눈동자까지도 온전히 보여줄
그런 맑은 창을 갖고 싶다

힘들 때 참지 않고 엉엉 우는 모습 보여주고
가끔은 나와 내 가족만을 위해서가 아닌
세상을 위해 울고 있는 나를 보여주고 싶다

그저 살아오지 않고 정말 살아왔다고
살아지는 것이 아니라 살아간다는 것이
그리 쉽지만은 않았다고
마음껏 하소연하고 싶다

해를 닮고
별을 닮고
하늘을 닮은
주황색 햇살 아롱진 따스한 나
은백색 별빛 새겨진 추억의 나
푸른 가을향 넘실대는 상큼한 나

하늘로 창을 내고
그런 내가 되고 싶다

새 집을 지으면 3

새 집을 지으면
작은 연못을 두고 싶다

내 마음 어리비친 맑은 그 물에
산 그림자 집 그림자 함께하면
정갈히 돌을 놓고 연꽃을 심어야지

못이 얼면 썰매도 타고
입춘 길목에는 얼음배도 지쳐야지

가끔은 풍덩 빠져도 좋을 것 같다
메기 잡았다고 낄낄거리며
모닥불에 양말 두르고 도란댈 수 있으니

감나무 한 그루는 꼭 심어야지
파란 가을 투명한 햇살에 한껏 익은 발~간 이파리
여남은 개 나풀대는 앙상한 가지 사이에
빨간 홍시 두어 알 남기면

한 뼘 위 까치가 고개 쑤욱 내밀고
제 밥인 양 지긋이 내려다보며
고맙다고 눈짓하는
그런 집을 짓고 싶다

새 집을 지으면 4

새로 지은 집에는
당호를 걸고 싶다

큰스님께 편지를 쓸 거다
효도를 가르쳐주신 스님
퇴직하면 같이 마음공부 하자시던 스님
젊은 수좌들과 용맹정진 더불던 그 스님께

내 삶이 나타나는 이름으로
남은 삶을 살아갈 의지를 담아서
조심스레 마음속 몇 개를 올릴 거다

겸선재(兼善齋)
독선당(獨善堂)
불매헌(不賣軒), 그리고
지족헌(知足軒)

2부

가족

가족_아내

소중한 사람

내게 당신이 소중한 만큼
나도 당신에게 소중한 사람

혼자 지낸 요 며칠
뒤뜰 떡갈나무 새순 사이 점점이 박혀 있는 별들
내가 없는 밤 당신도 그 별들로 쓸쓸했습니까

당신과 함께 있던 어제
봄볕이 즐거워라 노래하던 그 새들이
당신이 없는 오늘은
새벽부터 웁니다

당신 없는 요 며칠
내가 당신을 곁에 두고 싶은 만큼
당신도 나를 곁에 두고 싶다는 것을
한 장 한 장 처연히 떨어지는 목련꽃잎이 가르쳐 줍
니다

내가 당신을 그리워하는 만큼
당신도 나를 그리워했을 것을
구슬피 우는 새들이 가르쳐 줍니다

함께한 시간이 쌓여갈 수록
함께하고픈 마음도 더욱 쌓이는 것을
혼자의 외로움이 가르쳐 줍니다

당신 없는 외로움이 그리움으로 사무치는 요 며칠
나에게만 소중했던 나를
당신에게도 소중한 나로 만들겠다고
새에게 말을 하고 별에게 다짐하고
떨어지는 꽃잎에 새겨봅니다

내게 당신이 소중한 만큼
나도 당신에게 소중한 사람

거 울
– 사랑하는 아내 쉰두 번째 생일에

세상은 나의 거울
내가 찡그리면 세상도 찡그리고
내가 미소 지으면 세상도 미소 짓습니다

당신은 나의 거울
내가 웃으면 당신도 따라 웃습니다
나는 당신의 거울
당신이 미소 지으면 나도 함께 미소 짓습니다

오늘 당신의 생일을 잊은 날
나는 울고 싶었습니다
당신은 그저 아침 출근길에 미역국 후룩후룩 맛있
게 먹는 모습
지그시 바라보기만 했지요

여보, 당신 요즘 너무 많은 생각을 하나 봐요
조급하게 맘먹지 말고 여유를 가지세요...
오늘 마누라 생일인 것도 모르죠?
바빠도 편지 선물은 주세요

휴대전화 문자와 함께

당신은 내게
이해심 많은 포근한 미소를 보냈습니다

당신의 거울인 나도 비로소 겸연쩍게
포근히 웃었습니다

여보 우리 남은 생애
웃으며 미소 짓는 행복한 얼굴
서로에게 비춰주면서
늘 함께 따라 웃고 미소 지으며 살아요

사랑합니다

그 리 움

잠시 혼자 사는 나를 보고 사람들은
측은한 표정으로
아침은 어떻게 하시나요?
빨래는 어떻게 하시지요?

그러면 나는 그저
그 립 지 요…

사람들은 나와 아내를
먹거리와 입성을 주고받는
기능적 관계로 만든다
아내와 남편이 떨어져 있다는 것은
그 이상의 무엇이 있다는 것을 알려하지 않는다

그래서 나는 그저
그
립
지
요…

공항의 하늘

만일 우리에게
놓아야 할 그리움이 있다면
떠나갈 공항이 있어 다행이다

바다 건너 다른 하늘로 떠나왔다는 것이
그리움을 마르게 하지는 못해도
그래도
그래도
얼굴 맞대는 거리에 있으면서
옷 걸치고 대문 나와
차 한번 타면 바로 갈 수 있는 데도
문 앞에서 서성거리다 주저앉고 마는
만질 수 있는 지척의 그리움보다는 낫다는 것을

그래서
그래서
공항이 있어서 다행이다

오늘도 공항의 하늘은
내려다보는 슬픔들과 올려다보는 설움들이
눈물처럼 응결되어 시린 그리움으로 흐르는
파란 애처로움이다

아내

오늘도 나는 지하철에서
술 취해 게슴츠레한 눈빛으로
이곳저곳을 의미없이 바라다본다

그러다 문득 남녀가 서로 좋아
어찌할 줄 모르는 모습이 눈에 들어오면
그 여인과 내 아내를 비교하곤 한다

그러면 나는 언제나 백전백승!
장하다 불패신화 내 마누라!

충무로에서 노원역으로 가는 4호선 전철에서
언제나 아내는 승전보를 울리고
나는 늘 행복하다

적멸보궁

대학 일학년 새해 새벽
눈 쌓인 상원사 길
열 발짝 오르면 다섯 발짝 미끄러지며
심아*가 사준 가죽 장갑은
노보살께 드리고 맨손으로 기어올랐다

30년이 지나 다시 찾은 적멸보궁
중대사자암 석등의 은은한 불빛 속에
언뜻언뜻 현신하는 안개비로
가슴 촉촉이 적시며
차곡차곡 엮인 돌계단 지그시
오르디뎠다

산사의 스님과 빙그레 마주 앉아
찻물 속에 노니는 옥빛 물고기
후후 불어 피하면서
맑은 차 한잔 음미할 때

눈앞에는 오유지족
등뒤에는 수처작주

* 필자의 아내

첫 눈

오리 두 마리
꼬리깃 살래살랑 흔들며
사악삭
노 저어 가네
등에 하얀 눈 업고서...

햇살도 함께 업혀
반짝이네

삼 행 시 1[*]

정 정말
재 재근씨는
근 근사한 남자예요. 생일 축하해요 심아가

*최형심 지음

삼 행 시 2[*]

정 정말
재 재미있게
근 근무하고 있습니다 실장님 덕분에

*조아라 지음

삼 행 시 3[*]

정 정말로 담배를 끊는다는 것이 얼마나 힘든 일인지 우리는 알기에 믿지 않았습니다 아니 믿을 수 없었습니다

재 재미로 시작한 줄 알았습니다 그러나 해냈습니다 우리는 당신이 무척 자랑스럽습니다

근 근래 당신의 건강한 모습이 평생 지속되기를 기원하며 그날의 결연한 의지를 담은 소중한 추억을 드립니다

[*]구상 외 지음

가족_아들

가 연 (佳 緣)

심야창외백 (深夜窓外白)
대대귀금래 (待待貴今來)
욕접천빈앙 (欲接天賓仰)
황화만소개 (黃花萬笑開)

깊은 밤 창밖 훤하게
기다리던 님 오시었네
님 얼굴 그리워 하늘 우러르니
국화꽃 노오란 달님 활짝 웃어 날 반기네

아들아, 고마워
– 회문이 스물 생일에

일찍 세상 보려고 다 크지도 않고 배 속에서 나와
엄마 아빠 마음 졸이게 하더니
건강하게 커줘서 고마워

여러 차례 학교를 옮기게 해서 미안해
그런데도 늘 새로운 환경에 잘 적응하려고 애써줘
서 고마워

독일에 남아 더 공부할 수 있었는데도
엄마 아빠 생각하고 한국에 들어와 줘서 고마워

방이 없어 거실에서 자게 해서 미안해
그래도 형이 군대 가면 형아 방 쓰면 된다고
집 때문에 너무 걱정하지 말라는 속 깊은 아들아 고
마워

하늘의 구름이 아름답다고 하늘의 달이 좋다고
엄마에게 전화해서 오늘이 보름이냐고 물어보는
엄마와 함께 달을 보려는 그 마음이 고마워

하늘의 달을 올려다볼 수 있는

자연을 느낄 수 있는 달콤한 아들로 자라줘서 고마워

매미소리가 귀뚜라미 소리로 바뀌었다고
작은 벌레소리 하나에도 귀 기울이고 가을을 느낄
수 있는
예쁜 마음을 가져줘서 고마워

할머니 마실 가시라고 네 방에서 나오지 않는
따스한 마음을 가져줘서 고마워

오페라극장에서 리골레토 보고 온 날
자동차에 두고 온 엄마 휴대전화 가져오라고 하니
심부름 가면서 복도에서 "La donne e mobile"를
휘파람으로 불어줘서 고마워
문화활동에 투자한 돈이 아깝지 않게 해줘서 고마워

꼬박 꼬박 운동 열심히 해줘서 고마워
아빠가 퇴근하면 웃으면서 인사해줘서 고마워

아빠와 단 둘이만 있을 때
"아빠, 뭐 드실래요" 물어보면서
이것저것 준비해주는 아들아 고마워

라면도 맛있게 끓여줘서 고마워

어릴 때 봄에 불암산 등산을 아빠와 같이 해줘서 고
마워
함께 등산하면서 진달래꽃보다 더 바알간 아들 볼
보여줘서 고마워

강아지를 사랑해줘서 고마워

아빠를 믿고 공부해 달라는 대로 따라줘서 고마워

시를 읽고 시를 카페에 올리는 인문학적 아들이 되
어줘서 고마워

형아에게 양보해줘서 고마워

매일매일 고운 행동으로
엄마와 아빠에게 행복을 주어서 고마워

무엇보다 태어나줘서 고마워
영겁의 세월 무한의 우주 속에서
지금 이 순간 이곳 지구별에서
엄마 아빠와 아들로 인연 맺어줘서 고마워

엄마 아빠가 아들로 인해 행복한 만큼
우리 소중한 아들도 백배 천배 행복하길 기도할게

아들아, 고마워, 사랑해!

아 들

아들 휴대전화 대문사진은
졸고 있는 귀여운 아기 고양이

손에 턱 괴고
실눈 살며시 뜨고
졸면서
엄마생각 하니?..
힘 하나 없이

...눈물이 난다

혼자 살면서 외로웠을, 그리웠을
녀석의 마음 묻어나
괜스레 유리판을 쓰다듬으며

사랑한다. 고양아...

국화 아들

국화꽃 쓰다듬은 손으로
아들 머리 쓰다듬는다
아들에게서
노오란 국화꽃 향내가 난다

쪽방촌 청소한 손으로
아들 머리 쓰다듬는다
아들에게서
사람 사는 냄새가 배어나온다

시 한편 쓴 손으로
아들 머리 쓰다듬는다
아들 눈에
따스한 사랑이 어리비친다

가족_아버지, 어머니

어머니와 아들

베를린 테겔공항에서
일흔다섯 살 어머니는
베를린에 두고 가는 쉰한 살 아들 손을 자꾸 쓰다듬
고는
애비가 한국에 다시 올 때까지는
살아야 할 텐데...
중얼거렸다

덩치 큰 서양사람 앞에서 잘못이라도 한 양 조심스레
비행기 표를 보여주고
엑스레이 검색대에 짐을 놓고
허수아비 마냥 두 팔을 벌렸다

검색대 저편
남는 자와 떠나는 자를 갈라놓은 그곳에서
뒤돌아보고
또 뒤돌아보았다

검색대 이편
붐비는 사람들을 비집고
겨우 잠깐 보이는 틈에
손 흔드는 아들을 보고

어머니는 끝내
울어 버렸다

베를린 테겔공항에서
쉰 살의 아내는
서울로 떠나는 스물두 살짜리 아들을
끌어안았다
자기보다 두 배나 큰 등짝을 토닥거리면서 무슨 말
을 하는지
들리지는 않았지만
얼굴은 금세라도 눈물이
쏟아질 것 같았다

저녁 밥상을 사이에 두고
당신 아버지 어머니 모시느라 애썼다고 해도
아무 말 없더니…
공항에서 머금었던 눈물을 끝내
풀어 버리고 말았다
아들과 같이 지낸 한 달이
그 한 달이 너무 아쉽다고

"엄마, 비행기 표 바꿔서 열흘만 더 있다 갈까"
"할머니 할아버지 모시고 돌아가거라"
당신 걱정할까 봐
상의도 없이 아들의 말을 매정하게

뿌리쳤다면서
언제 아들하고 이렇게 다시
함께 있을 수 있을까 하면서 크게
더 크게
울어 버렸다

삼십사 년 전 옻나뭇골 시골집에서
마흔다섯 살 아버지는
예순아홉 살 할머니를 병풍 저쪽에 누이고
대전에서 산길을 걸어
밤늦게 도착한 고등학생 아들에게
이제 왔냐
여기 할머니 뵙거라
내년에 칠순잔치를 크게 해드리려고 했는데...
아들과 함께 울었다
못해드린 불효에 울었다

비행기 뜨고 내리는 공항에서
밥상머리에서
호롱불 옆에서
어머니와 아들은
그렇게 서로 번갈아 울었다

사랑하는 사람 때문에
사랑하기 때문에, 그렇게
울 었 다

손가락 편지

독일에서 귀국한 아들
어디로 발령 날까
새벽마다 신문 뒤적여도 아무 소식이 없다

일흔여섯 엄마는
뜨거운 뚝배기도 맨손으로 거뜬히 잡는
뚜껍디 뚜꺼운 몽당손가락으로
돋보기 코에 걸고
십 리나 떨어진 깨알 같은
휴대전화 글자판을
조심스레 힘주어 꾸욱~꾹
눌렀다

엄마손 안에 고사리손 꼬옥 웅크리고
삐뚤빼뚤 글씨 쓰던 꼬맹이 아들마냥...

"아들 오늘 발령이 안나
궁금하다 소식주어 엄마
안녕"

신문 인사란에 아들 이름 보고는
소혓바닥처럼 거칠거칠한 손바닥 위에

한 번 더 글자판 올려 놓는다

"좋은 일하고 구설 듣지 말고
생각하고
인정에 끌리지 말거라
엄마가 사랑한다"

휴대전화 바탕화면에
우는 듯 웃는 듯 걸려 있는
어머니

이 사*

　　남의 열 아들 열 며느리 부럽지 않은 아들 내외가 1
월 3일 이사를 간다 아들은 아들대로 며느리는 며느리
대로 너무 너무 바빠서 한자리 앉아 조근 조근 정다운
얘기 나눈 것 같지도 않은데 세월은 빨라 근 삼년이
되어 떠나게 되는구나 그리도 옆에서 든든하더니 아
버지 어머니가 늙어서인지 눈물이 난다 말만 한 손자
두 놈 데리고 네 식구 오면 집이 가득 부자 부럽지 않
더니 아들 손자 서울 가서 더 큰 뜻 마음먹은 대로 이
루기를 두 손 모아 관세음보살님께 기도해야겠네

　　내 사랑하는 아들아
　　처자식 거느리고
　　큰 뜻 가지고 서울로 올라가니
　　건강 지키고 술 조금 덜 먹고
　　아직도 공부하며 열심히 일하고 노력하는 아들 되
어서
　　또 다시 금의환향해 돌아왔다 가기를 관세음보살님
께 다 함께 기도하자

* 2017년 가을, 아버지의 유품을 정리하다 어머니의 메모를 발견했다.

빛

아버지는 허리수술 한번 심장수술 한번
어머니는 허리수술 한번

수술할 때마다 노부부는 병실에서
함께 자고 함께 먹었다

한 사람은 높은 침대에서
한 사람은 낮은 침대에서

현재 스코어 2 : 1
아버지가 어머니에게 한 번 빚졌다

나는 아버지가 어머니에게
빚 갚기를 원치 않는다

도시의 새벽

자고 있었다
모자 쓴 채로

809동 705호가 저기쯤인가?

불 꺼진 창들
불 훤히 밝힌 상자 속에서 문득
아! 아버지

푯말처럼 옆에 서있는 페인트 안내판
게슴츠레 보이는 "독신자 아파트" 글씨
나처럼 퇴색돼 있다

길 건너 빨간 불빛
드나는 사람처럼
길 잃은 것은 매한가지

아, 지친 이 한 몸
그저 이곳에 뉘고 싶다

만 취

샤워기 트니
얘기한다
너, 부모 없지? 라고

쏴쏴 소리는 내 고향
매미소리만은 못하지만

너 잘할래? 잘 할래? 잘 할 수 있지?
하며 나를 재촉한다

어 머 니

산일 하는 날 국밥 끓이느라 바쁜 늙은 어머니는 손
자가 꺾어들인 풀꽃들을 마루에 주욱 늘어놓고 뭉툭
한 몽당손가락으로 짚어가며
　요건 꽃다지
　이건 망초대
　고건 민들레
　그건 애기똥풀
　저건 제비꽃...
아, 엄마도 꽃 쫓아 뛰놀던 처녀 적이 있었구나!

어버이날 하루 전에

– 팔순 노모를 모셔온 후배 구상에게

그래, 그는 그랬다
구릿빛 강건한 얼굴이 한번 씨익 웃으면
쪽고른 하얀 이가
눈부셨다

며칠 밤을 꼬박 새워도 그의 웃음은
결코 시들지 않았다
오히려 집에서 잠시라도 쉬고 온 내가
그의 씨익 웃는 미소로 생기를 찾곤 했다

그에게는 왠지 모르는 기품이 있었다
온화하지만 굽히지 않는 선비의 원칙과 기품이

열살이나 어린 그가 늘 동료같고 친구같았다
무엇이 그를 나이보다 성숙하게 하는가

팔순 노모를 모셔왔단다
매일 푸욱 곰삭은 인생의 진국 냄새를
그는 노모에게서 묻혀 와서
우리에게 뿌렸던 것이다

존경하는 아우 구상!
늘 그렇게 나에게
씩씩하고 건강하고 기품 있는
씨익 웃음을 주려무나
사랑한다

귀 향

까무룩 잠결에
두런두런 들리는 소리
"어라, 우리 아들 와있네"

체육복 바지 슬그머니 들추며
"여보, 어서 와보세요
아들 고추에 털 나기 시작했어요"

그저 자는 척 눈감고 있는데
엄마 아빠 말 뭉클하여
눈 더 꼬옥 감았다

"우리 아들 이렇게 컸는데
우리 더 열심히 살아야겠네"

가족_할아버지, 할머니

유 산

우리 집 책장 맨 윗칸
깨끼발 들어야 손이 닿는 그곳에는
지금은 건양대학교 산학연구소가 되어버린 옛날 덕
은중학 교장선생이
뒤깽이 왕암천 뚝방에서
어버이날 효도잔치 때 할아버지께 드린
자제분들을 모두 대학까지 공부시켜 사회의 동량으
로 키워주셔서 고맙다, 고
쓰인『장한어버이』감사패가
논마지기를 꿀꺽 삼킨 채
자랑스레 버티고 서 있다.

전 설

옛날에 옛날에
돌쇠댁 손자가 대통령 났대

앙상한 팔에 머리 묻고
하나밖에 없는 마른 젖꼭지 쪼물락거리며
할머니~ 옛날 얘기 해줘~, 하면

등 토닥거리며
가는 한숨 내쉬면서
"옛날에 옛날에
돌쇠댁 손자가 대통령 났대"

배추간이댁 바구재댁이
대전에서 논산까지 백리길 휘이휘이
밤길 달려간 고등학교 일학년 손자에게

　병풍 뒤 하얀 광목천 머리까지 쓰고 누워있는 할머니 얼굴
　방금 세수하고 동백기름 발라 참빗질 한 듯 고운 그 얼굴
　앞니 두 개 살그머니 보여주며 곤히 자는 듯한 그 얼굴을

애 놀랜다고 조심스레 열어 보이며

"여보게, 돌쇠댁 이 사람아
눈에 넣어도 아프지 않은 자네 손자 재근이
이제 여기 왔네..."

행 복

가끔은 너무 행복해
지금 나의 행복이 너무 과분해
내가 지은 업으로는 이럴 수가 없는데
지은 것 이상으로 너무 받는 것 같아
이래도 되는 것인가
불안할 때가 있다

돌쇠댁*이 저녁 어스름에 텃밭 어슬렁거리던
동네 총각 불러
어느 집 문간방에서 출출할 동네 일꾼들에게
무구덩이 열고 배추김치 바가지라도 나눈 그 덕으로
새집할아버지**가 내 집 잔치에 동네굴뚝 연기나면
안 된다던 그 덕으로
이렇게 행복한 건가

이제 나는 그 누구에게 얼마나 덕을 베풀어
내 손주들 내 인연붙이들에게 행복을 줄 수 있을까

* 필자의 할머니
** 필자의 할아버지

유 품

에콰도르 출장 중에 산 중절모
나도 할아버지처럼 멋지고 싶었을까

아버지에게서 할아버지를 보고

…씌워 드렸다

머리에 맞춰 신문지 말아 끼우고
아버지는 할아버지가 되었다

유품이 된 모자
안쪽 신문지 빼내고
내가 두 분처럼 멋 부린다

작은 머리 큰 마음
동네에서는 아버지와 그 아버지를
덕인이라 불렀다

3부
고향

고 향

나는
돌쇠댁 손자
대전댁 아들
새집할아버지 장손
돌쇠댁 친정 동생 빼울할아버지 생질의 아들
배추간이댁 손자 현배형의 동생
쇠머리댁 손자의 친구
바구재할아버지 아들 혁기아저씨의 조카

그러면
돌쇠댁과 대전댁과 새집할아버지와 빼울할아버지
의 생질은? 나의⋯

할머니와 어머니와 할아버지와 아버지

독립된 나를 찾으려 해도
자꾸 맴맴 도는 관계
또 관계⋯

봄

빨래 떠내려간다~
고무신 떠내려간다~
웃말 빨래터 아랫물에서
소쿠리로 송사리 뜨며
놀던 그 시절
늘 듣던 그리움

고기잡이 싫증나면 산으로 올라
진달래 꽃잎 따서 오물거리고
진분홍 꽃물에 입술 질릴 때
한낮의 노란 태양도 발갛게 기울고

산소 옆 할미꽃 옆자리
갓 깨어난 소똥구리
나처럼 바삐
꼬물거렸다

내 생에 의미 있었던 그날

일천구백구십일년 봄 식목일
천안 삼거리 구성동
하늘은 맑고 바람은 포근했지

낮은 주공아파트 일층
열일곱 평 방 하나 거실하나 전셋집
남향받이 잔디 위에

상가 부동산 맞은편 울타리 따라
꺼먹비닐 버선 신고 주욱 늘어선 묘목들
겨우 어른 손가락 굵기 이천 원짜리 자두나무 한 그루
한 삽 푹 파고 심었지

내 땅은 아니지만
처음 내 돈으로 나무를 사서 심은 그날
주홍 플라스틱 바가지 물 조심스레 쏟아 부은 그날
세발자전거 위에 앉혀 놓은 세 살배기 아들은
무엇이 그리 좋은지 해죽해죽 웃고 있었지

훗날 누군가는 하얀 봄꽃을 보고
몇 알의 붉은 열매를 맛볼지도 모른다는
흐뭇함도 소망도 함께 심은

내 생에 참 의미 있었던 날들 중의 하나였던
그날의 그 일이

귀성길,
회색 방음벽으로 둘러쳐진
그곳을 지날 때마다
투명했던 봄날의 내 젊은
내 의미 있었던 행위가
포클레인에 파헤쳐 지고
뭉개졌을 것을 상상하며

마음 아파해 한다

향수

처음 내 마당을 가진 날
의정부 중앙시장에서
채송화씨 해바라기씨를 샀다

오월의 나른한 햇볕 꾸벅대는
텃밭 모서리 발밑을 호비고
손가락에 채송화씨 몇 알씩 묻혀
살그머니 털어놓고
손바닥으로 살살 흙 이불 펼쳤다

남향받이 시멘트담 조옥 따라가며
엄지로 꾸~욱 눌러 구멍을 내고
해바라기씨 몇 개씩 묻었다

뒤깽이 고향집 뒷뜰
장독대 옆구리 돌 밑을
느릿느릿 기어가는
빨강 노랑 채송화를
고개 쑥 들이밀고 굽어보던
돌담 옆 해바라기 금빛 꿈도
함께 심었다

처음 우리 마당을 가진 날
아내는 대전 중앙시장에서
봉숭아씨를 샀다

은행나무 서 있는 마당 오른켠
시멘트 장독대 옆에
봉숭아씨를 뿌렸다

연애할 때 아내 손잡고 처음 갔던
처가 담장 길가 쪽에는
분홍 하양 봉숭아꽃이 피어 있었다

행복 2

때로는 별들도
오징어가 먹고 싶어
행복이 먹고 싶어서
동해 거진 바다에
살며시 내려 앉아
출렁출렁
도란도란
소곤소곤
밤참을 즐기다가

새벽 동살의 푸른 기운
밀려 오면은
슬그머니 바다에 스미어
몸을 감춘다

온낮을 헤엄쳐 맞이한
지구 저편 칠흙 속에 다시 살아나
어제의 단란했던 기억으로 힘을 내어
온밤을 비상하여
오징어가 뛰어 노는
거진 바다 위로 되오르면

소곤거리며
도란거리며
맛난 것 나누던
食口의 행복에 대한
그 참을 수 없는 갈망으로
또다시 바다에
몸을 적신다

4부
이웃

찜 질 방

도시의 가로등 불빛 속으로
부슬부슬 빗방울은 부서지고
청소차 소리 들리는 새벽
가슴에 사연 하나씩 품고
고단한 잠을 청한다

모여든다
비에 젖은 새
둥지로 스며들 듯
흥건히 젖은 불콰한 얼굴로

술을 먹었을까
막차를 놓쳤을까
여관비가 없어서
낯선 서울에는 왜 왔을까
싸우고 집을 나왔을까

모두 갈 곳 없는 사람들
모두 정처 없는 사람들
여기저기 널브러져
스스로의 가슴에 머리를 파묻는다

새우처럼
애벌레의 시신처럼
로댕의 생각하는 사람처럼
묵은 신발 속 오래된 신문지처럼
스스로의 아픔 속에
스스로를 구겨넣는다

잠시 죽었던 몸
휴대전화 알람소리에 자지러지고
잠시 구겼던 몸
큰 숨 하나로 애써 부풀리면
가슴속 아린 일상이
매캐하게 되살아난다

물 한 바가지 휙 끼얹어
죽었던 일상 선명해지면
구겨진 옷 툭툭 털어 걸치고
어디론가 또 떠나간다

사연을 그대로 품고
낫지 않은 아픔도
그대로 품고...

1988년 그리고 2018년

대전 근교 작은 시청의 젊은 과장과 그 도시의 이름
으로 불리는 작은 학교의 선생은
　10년 전 3학년 담임선생들의 이름을 1반부터 12반
까지 졸졸 말하며
　둘이 그 때 한 학교에 있었다는 증거를 수집하기 시
작했고
　몇몇 친구의 안부를 말하며 함께 알고 있는 녀석이
있음에 즐거워했다

　바둑을 둔다는 선생을 따라 과장은 난생 처음 기원
에 앉아
　다른 한편에 있는 노인들 눈치를 보며 조용히 담배
를 빼물고는 그저 사는 얘기
　언제 결혼했고 애는 아직이고 집은 어디고 등등

　시외버스 같이 타고 서대전 정류소에 내려
　그냥 헤어지기 멋쩍어 근처 포장마차에 들러 이번
에는 세상 이야기
　일 년 전 과장은 군복무 중이었고 선생은 지금보다
더 시골학교 선생이었다며
　참여의 분모에서 원초적으로 제외된 것에 위안을
삼고

이제 친구인 줄 알았으니 자주 만나자고 약속하며
헤어졌다

30년 가까이 소식이 없고
점점 머릿수 많아지는 연말 동창회에 선생이 보이
지 않아도
과장은 다른 친구에게 선생을 궁금해하지 않고
그도 그처럼 어디에선가 잘 살겠거니 하며
그저 그냥 살아간다

지하철에서

그녀는 살그머니 앉았다
아니 스르르 허물어지듯이
힘 하나 없이 표정 하나 없이
그저 살그머니 나비가 앉듯이
조심스레 앉았다
머리는 흑발
기~일다
약간의 파마기가 머리카락 끝 부분에서 일렁이고
키는 크고 말랐다
검은 바지 가운데 무릎뼈가 도드라졌다
그것이 그녀를 환자인 양 했다
옆에 앉은 사내는 그저
평범해 보인다
얼굴이 약간 얽은
아니 얽었다기 보다는
피부가 거친 것으로 얘기해도 괜찮은
그저 회사 대리쯤 될 것 같은
그 남자를
여인은 그윽이 쳐다본다
그 그윽한 눈길 끝자락에서 그윽해진 눈동자는
이제 그녀를 꼼짝없이 아픈 사람으로 만들었다
암이 깃들었는데

사랑하는 이를 두고 떠나야 하는 세상이 가소로운 듯
희미하게 웃는다
처음 만나 장난하는 아이처럼
대게처럼 기다란 손가락으로
대게의 발가락처럼 게으르게 꿈지럭거리며
살그머니 남자의 손등을 간지럽힌다
남자의 손이 잦혀지고 벌려지고
두 손이 합쳐진다
나는 비로소 안도의 숨을 내쉰다
아무것도 바르지 않은 여인의 입술은 메말랐고
밤고구마빛으로 칙칙하다
손잡고 눈 마주보고
조금씩 달싹거려 얘기하는 그 입술에
희미한 웃음이 번진다
사연이 무엇인진 몰라도
둘은 사랑하고 있다
손도 비비면서 입술도 점점 더 움직인다
웃는 입의 동그라미가 더 커진다
더 자주 웃는다
나는 저 둘이 저 손 꼬~옥 잡고
그 눈길 서로 그윽하게
그 입술 재잘거리며
종점까지 가기를...
그래서 종점에 다다를 때 즈음에는
희미한 웃음이

함박웃음이 되기를
기대한다

네팔 공항

성지 순례하는 스님들과 신도들 사이에서
히말라야 트래킹을 하는 대학생들 사이에서
마니불여행사

여기 눈물과 아픔의 역사를 겪는
우리의 누이들 또 있어
목에 "고용노동부, IOE"[*]
신분증 하나씩 걸고
신세계에 대한 희망으로
목소리 한껏 키워 전화하고
미지에 대한 두려움으로
엄마 찾는 송아지처럼 두리번댄다

빨간 모자 빨간 목도리
이마에는 타투 찍고
흰자위 전혀 없는 검은 눈망울 순히 끔벅거릴 때
머~언 이국에서 몸 성하라고
엄마 손잡고 공항 오기 전 사람 붐비는 절에서
오십 루피 내고 찍고 왔을
수채화 물감처럼 두껍게 묻은 빨노란 타투가 서럽다
우리 누이 일본 가서 낳은 아이

[*] IOE: International Organization for Emigration

누이 姓으로 시작하는 이름 세 글자 호주머니에 넣어
고향 엄마에게 보냈던
영영 돌아와 살지 못하고
아버지 환갑 때 잠깐 들어와
예쁜 한복 입은 모습 웃으면서
눈가에는 눈물 그렁거렸던
가을 코스모스 같이 휘청 아름다웠던
그 누이를 생각하며
그 아린 기억을 되새기며

제발 이들을
아프게 하지 말기를
차별하지 말기를
차이가 차별을 낳지 않기를...

라오스의 시골길

구멍파인 길에서 도요다 밴이
먼지를 내며 비틀거린다
아이들은 코 묻어 반질대는 소매를 입에 가져가고
무심한 눈으로 차를 보낸다
구멍 파인 길에는 구멍 뚫린 차가 어울린다
구멍 파인 길로 팔려간 벤츠는 구멍을 더 키운다
사람들 사이에 더 큰 구멍을 만든다
세계화, 너는 누굴 위해 존재하는가

모든 사람들이

모든 사람들이
아이를 가진 엄마의 마음으로

모든 사람들이
배 속 아이를 품고 뒤뚱거리는 아내의 손을
꼬옥 잡고 걸어가는 지아비의 마음으로

모든 사람들이
그 두 사람을 바라보며
흐뭇 미소짓는 그 마음으로

모든 사람들이
녀석의 발길질을 상상하며
또 한 번 미소짓는 그 마음으로

아, 나의 세상은 이렇게 흘러가도
우리의 세상은 언제나 또 이렇게
흐뭇한 미소로 영원하다

번역가의 꿈

문고판 번역을 의뢰받고
코딱지만한 책에
평생의 열정과 노력 수놓아
책 맨 뒷장에 한 줄 약력 적다

단어 하나하나 심혈 기울이고
배운 자존심으로 잠 못자며
읽고 또 읽으며 원고지 메꾸다

어느 가난한 젊은이
종로서적에서 몇 백 원으로
청바지 뒷주머니에 처억 꽂고
이대 앞 다방으로 미팅가다

내 이름 석 자 알기나 할까
몇 페이지 읽기나 할까
독일에서 배곯으며 공부한 결실
기껏 30년 후배의 엉덩이에 깔리다

이 친구 그때 나보다 열 살도 더 먹어
은퇴하고 저가여행 가는 공항에 앉아
세로줄로 쓰인 칠백 원짜리 그 책
다시 꺼내 들다

햐, 이 단어 기막히게 잘 골랐구나
어라, 어떻게 이리 부드럽게 읽히지
맞아, 번역은 또 하나의 창작이지
중얼거리다

문득 누구의 이름이 궁금하여
책 맨 뒷장 넘겨보고, 어쩌면
이 세상 사람이 아니겠구나
생각하다

이름 옆에 도장도 없는
자식에게 인세 물려주는
베스트셀러
아니다

그래도, 30년 만에 다시 살아나
한 인간의 지적탐구 여행에 벗이 되니
이 정도면 세상에 나와 존재한 이유
충분하다

편견

네팔 카트만두로 가는
바라트푸르 공항 검색대에서 한 남성에게
여성 줄로 가라고 말을 하던 공무원은
그가 머리만 길 뿐
남자인 것을 알고
겸연쩍은 표정을 지었고
우리는 좀 크게 하하 웃었다

뒤에서 바라보면 다 그렇다

옆집 강아지

두부*도 왔다
누룽지**도 왔다
휴가 갔다 왔다고
거실 유리창에 얼굴 붙인 채
긴 혀 빼물고
착한 웃음 보이지만
옆집에 누가 누가 사는지
간혹 주차하다 마주치면
기껏해야 할로(Hallo) 한마디
해본 기억밖에 없다

* 옆집 강아지 이름
** 옆집 강아지 이름

나인(Nein)

자전거와 부딪친 버스 운전기사
허둥허둥 버스에서 내려
나는 가만있는데
자전거가 와서 부딪쳤잖아,
너 봤지?

"나~인"*
입 꾸욱 다물고
눈은 앞만 본 채
고개를 절레절레 흔든다.

우리 봤잖아?
예, 봤어요.
그런데 왜 보지 못했다고 하니?
버스비만 받고 종일 경찰서 가서 고생하거든요.

독일 사람들은 다 그러냐?
독일 사람들은 "야~" 그래요
버스비만 받고도 경찰서 가서 온종일 진술해줘요.

그런데 너는 왜?

저는 독일사람 아니거든요.

* 야(Ja), 나인(Nein): 독일어로 Yes, No

覓椎幺忠不來傳見親一孝勿
币懸以魚故里褒眞孝顏必
忠魚現故川
戊戌夏古潭鄭在根作詩
若泉金吉洙書

5부
선비

저자의 시 연향(戀鄉)을
서예가 약천 김길수가 쓰다.

인문학적 삶

짐정리를 하면서 책을 버렸다
한때 소중했던, 그래서
베개 삼아 머리맡에 두고
금과옥조처럼 읽고 또 외웠던 책들이
하나 둘 사과상자 속으로 들어갔다

현상에 대한 과학적 설명이 빼곡한 사회과학 책들
먹고 사는 데 필요한 기능과 기술을 자랑하는 책들
한때 그런 공부를 했다는 허세밖에는 아무것도 아
닌 책들
현상이 바뀌면 또 다른 정보로 고쳐져야 할 책들
모두 상자 속으로 들어갔다

그래도 남아 있는 책들은
돈의 눈이 아닌
신의 눈이 아닌
인간의 눈으로 세상을 바라보는 책들

사람을 긍휼히 여기고
행복의 본질을 탐구하고
삶의 가치를 사색하고
사회정의를 논하고

역사와 사상을 담은 책들

숨결처럼 작은 바람에도 일렁이는 인간의 나약함을
그 나약함 속에 깃든 인간정신의 무한한 강인함을
인류역사의 진보에 대한 처절한 믿음을
몸짓하고
절규하고
노래하고
그려내는 그 행위들을 찬양하고 기록한
문학과 예술에 대한 책들

그리하여 이 책들로 인해
인간이어서 자랑스럽고
인간이어서 행복하고
인간이 보다 자유로워지고
서로 좀 더 사랑하고, 그래서

지금보다 더 나은 세상을 믿고 꿈꾸는 데
새털만큼이라도 기여한
몇 권의 인문학 책들

이제 내 나이 쉰다섯
하늘의 뜻을 안다는 지천명
나는 지금 내 인생을 어떤 책으로 쓰고 있을까

이 한생 마감하는 그날
한 권의 책이 세상에 나오는 그날
그 책은 나오자마자 사과상자로 들어갈까
간직하고픈 몇 권의 인문학 책으로 남을까

사람의 눈으로 세상을 보면서
이웃과 더불어 살면서
다소 어리숙해도 영악하지 않아
사람 냄새 풀풀 풍기면서

수 십 년이 지나도 의미를 지닌 책처럼
향기 나는 말로 사랑으로
나의 남은 생을 살고 싶다

선물 같은 만남

같은 학교를 나오지 않았어도
한 일터에서 일하지 않았어도
한 조상에서 갈리지 않았어도
만나고 싶은 그리움이 있다

웅녀가 환웅을 바라듯
율곡이 퇴계를 찾듯이
만나고 싶은 그리움이 있다

시와 글을 읽고
주장과 강연을 듣고
주변에 머무는 사람의 향취를 맡고
바람에 떠도는 삶의 모습을 들으며

공부가 존경스럽고
인품이 존경스럽고
천진함이 존경스럽고
자신감이 존경스럽고
무모함이 존경스럽고
따뜻함이 존경스러우면

한 하늘 아래 귀한 인연 다하기 전에

부지런히 찾아가 만날 일이다

마음에 흐르는 보고픔 감추지 못해
눈에 그렁그렁 그리움 매단 채

두 손 빈 채로 나를
선물처럼 내맡겨
다가갈 일이다

행정자치부에 告함

사람들은 이야기 한다
너 행정자치부,
세 갈래 찢긴 아픔으로
실의와 좌절에 빠질 거라고

너 행정자치부는 말한다
버드나무는 백번을 찢겨도
새 가지를 만든다고[*]

그리고
새로 돋은 그 가지는
모양은 비록 옛것과 같아도, 결코
어제의 그 가지가 아니라고

한껏 휘드러져 멋지게 춤출
한여름 환희를 꿈꾸는
희망의 나무라고

사람들은 묻는다
너 행정자치부,
이제 무엇을 하는 누구이냐고

*신흠(申欽)의 시, "유경백별우신지(柳經百別又新支)"

너 행정자치부는 되묻는다
달이 천만번 모양을 바꾼다고
달이 아니냐고
본질이 없어지느냐고[*]

내무부와 총무처
행정자치부와 인사위원회
행정안전부와 안전행정부
그리고 다시 행정자치부
이름은 바뀌어왔어도
그것은 언제나 모양이었을 뿐

너 행정자치부,
그대의 본질은 언제나
국가와 국민을 24시간 지켜내는 종합행정부처
국정의 중추부처, 종가부처,
형님부처였다

돈의 부처도 아니었고
기업인의 부처도 아니었고
노동자의 부처도 아니었다

균형 잡힌 시각으로 국정을 바라보고
전체국민의 행복을 염원하며
중앙과 지방의 상생발전을 위해

*신흠(申欽)의 시, "월도천휴여본질(月到千虧餘本質)"

노심초사하는 통합의 부처였고
전국민의 부처였다

너 행정자치부,
자랑스러운 행정자치부!
새마을로 수천 년 가난을 극복하였고
지방자치로 민주주의를 완성시켰다
민원24와 전자정부로 행정한류 드높이더니
이제는 정부혁신의 아이콘이 되었구나!

'본질은 그것에서 그것을 빼면
그것이라고 할 수 없는 그것'이라고 했으니
이제 너 행정자치부에서 그 무엇인가를 빼었을 때
더 이상 행정자치부라고 할 수 없는 그것은 무엇인
가?

용기, 의지, 열정, 자긍심?
국민에 대한 한없는 사랑?
혁신?

그렇구나, 사랑과 혁신이구나!
사랑과 혁신이 없는 행정자치부는 존재할 수 없는 것

너 행정자치부,
너의 과거와 현재는 언제나 사랑과 혁신이었으니
나라에 대한 사랑, 국민을 향한 무한한 사랑으로
정부혁신에 앞장서서 그 큰일들을

묵묵히 해내었구나!

너 행정자치부,
이제 '그대의 본질은 사랑'이라고
'그대의 본질은 혁신'이라고
온 천하에 선언하노니
다시 한 번 사랑으로
다시 한 번 혁신으로
힘차게 일어나거라

먼저 너를 사랑하여야 한다
그리고 나라를 사랑하고
국민을 사랑하거라

너를 사랑한 그 힘으로
네 스스로에게 용기를 부여하고
긍지를 불어넣고
자부심을 가득 채워라
나라와 국민을 사랑한 그 힘으로
위국헌신 공인본분*의 열정을 펄펄 끓이거라
이 모든 사랑의 힘으로
기필코 국민행복을 창조하여라

활화산 같이 분출하는 그 열정으로

---

* 안중근 의사의 위국헌신 군인본분(爲國獻身 軍人本分)을 정종섭
  (전)행자부장관은 公人本分으로 바꾸곤 했다.

정부혁신에 신명을 바치거라
투명하고 유능한 정부를 만들어서, 기필코
국민행복을 창출하여라

그믐은 초승을 약속받아
새벽 동쪽에 예리하고
초승은 보름을 꿈꾸며
저녁 동산에 몸을 묻듯이
한때의 어려움은 극복을 위해 존재하는 것
한때의 암울은 광영을 약속하는 희망의 씨앗

너 행정자치부!
이제 너에게 희망의 동살이 비치나니
오롯이 사랑으로 매진하고
오로지 혁신으로 무장하여
대한민국 발전과 국민행복 창출의
일등부처로

영~
원~
하~
여~
라!

수상 소감

시인의 마음으로 행정을 할 겁니다

초승달을 보면 내 님의 눈썹을 떠올리는 창의성과 감수성으로 일할 겁니다

강과 느티나무와 꽃의 속삭임을 사람의 말로 옮기는 감정이입과 역지사지를 배울 겁니다

독자에게 내 시의 뜻을 강요하지 않는 의연함을 닮을 겁니다

새로 명함을 만들 겁니다

시인의 명함을 지니고 시인의 마음으로 시인의 손으로 세상을 만질 겁니다

약팽소선(若烹小鮮)

가끔 무엇을 해서 세상에 기여할 것이냐 보다 무엇을 하지 않음으로써 세상에 기여할 것인가도 중요하다는 생각이 들 때가 있다

내가 모든 것을 잘 해낼 수 있다는 오만함을 접고아 이 일은 나보다 다른 사람이 더 잘 할 수 있을지도모른다는 생각이 들면 무엇인가를 하려고 걸신들린 것처럼 닥치는 대로 해치우고 마구마구 읽고 공부하다가도 갑자기 의욕이 사라진다 그러면 시간이 많이 생긴다 그때 그동안 읽지 못했던 고전을 읽거나 오페라를보거나 미술관에서 그림을 본다

천방지축 날뛰지 말고 제발 가만히만 있어줘도 세상에 도움이 되는 사람들이 우리 주위에 얼마나 많은지...

문득 나도 그런 사람의 하나는 아닌지 하는 생각에가슴이 서늘해진다

역 이 (逆耳)

찻잔 바닥에 가라앉은 찻잎 부스러기 두엇
홀쩍 마시기 불편해 반쯤 먹고 버렸다

찻주전자에서 다시 나온 녀석들
연초록 냇물에 유영하는 물고기 되어
느긋이 다향 음미하라 시위한다

물고기 다칠까 조심스레 기울이니
바른 말 귀찮아 물리쳤던 얼굴들 되어
이제야 우리 님 철들었다며
함박웃음 덩실댄다

뒤로 가는 기차

우리에게 조금의 삶이 더 필요하다면
그것은 삶의 궤적을 관조하기 위한 시간일 것이다
내 삶의 족적들이 어떤 의미로 세상에 박혀 있는지
돌아보지도 못하고
갑작스레 생을 마감하는 것은
얼마나 슬픈 일인가

앞만 달리다 사라지는 인생보다
뒤를 보며 관조하는 인생의
흐뭇함
여유로움
미소지음이여

이글거리는 태양의 툭 떨어지는 놀라움보다
석양의 노을로 세상을 물들이고
장식하며 잦아드는
마감의 장엄함이 좋다

도전처럼 휙휙 다가오는 차창 밖 사물들이
앞으로만 치달렸던 내 인생인양 괴물처럼 나를 덮
치면
나는 이제 조용히 자리에서 일어나

거꾸로 가는 좌석으로 옮겨 앉는다

어릴 적 남향받이 돌담에 등짝 기대고 가오리연 날
리듯
열차머리를 뒤에 두고 느긋이 앉아
63빌딩 허리춤에 걸린 황금빛 석양을
연실 풀듯 살살 놓아주며 한강다리를 넘는다

아스라이 멀어가는 겨울하늘 속에
투명하게 어린 내 얼굴에서
땀처럼 배어나는 삶의 흔적들을
빙긋이 바라본다

이현부모(以顯父母)

그날
내가 대흥동 충남도청 관사로 이사하는 날
아버지와 어머니는 무척 좋아하셨다
아직은 쌀쌀한 4월초의 단독주택
좁은 거실 마룻바닥에
두터운 이불 깔고 누워
낡은 천장 바라보시며
그저 "좋다 좋다 참 좋다"만
연발하셨다

삶

세상을 티끌만큼이라도 좋게 하는데
솜털보다 가벼운 날숨
한 모금 보탰다면
나 행복하게 가리라

세상이 지금보다 나빠지지 않게 하는데
온몸으로 항거한 흔적
한 자락 흘렸다면
나 행복하게 가리라

형이하학과 형이상학

케이프타운에는 테이블마운틴이 있다
유네스코 세계자연유산이다
산꼭대기 모양이 테이블처럼 평평하다

광화문 서울청사 20층에서 바라본 인왕산의 왼쪽
꼭대기도 테이블처럼 평평하다
그래도 우리는 그 산을 "밥상산"이라고 부르지 않는다

어질 인(仁)
임금 왕(王)
인왕산(仁王山)이라고 부른다

해바라기

광화문 어느 빌딩 20층 옥상에서
아침에는 동쪽 낙산을 바라보고
점심에는 남쪽 목멱산을 바라보고
저녁에는 서쪽 인왕산을 바라보고
담배를 핀다

나도 담배도 세상도 모두
해를 좇는
해바라기다

思兩李之節(사양이지절)

踏一字高德 (답일자고덕)
懷遁村石灘 (회둔촌석탄)
士須臾出世 (사수유출세)
知自退兼善 (지자퇴겸선)
遺久久節義 (유구구절의)
銘名於地山 (명명어지산)
寧使王宿露 (영사왕숙로)
毋攪後學壇 (무교후학단)
雖臥無名谷 (수와무명곡)
不賣名爲賤 (불매명위천)
羨墳之廉潔 (선분지염결)
跪坐斂襟冠 (궤좌렴금관)

丙申 冬 古潭 鄭在根 謹作

둔촌 이집과 석탄 이양중의 절의를 기리며

일자산 고덕산을 지나면서
둔촌과 석탄을 그리워한다
선비 한 번 세상에 나와
벼슬길 물러날 때 스스로 알고
변치 않는 절의 길이 남기어
산과 땅에 그 이름 새기었구나
왕을 이슬 속에 재울지언정
후학의 배움터 더럽히지 말고
길가에 이름 없이 누울지라도
명예를 팔아 천하게 되지 말지니
아, 그 무덤의 깨끗함 부러워
삼가 무릎 꿇고 앉아 옷깃 여민다

병신년 겨울 고담 정재근 삼가 지음

宿後彫堂(숙후조당)

師揚弟賜後彫堂(사양제사후조당)
弟奉師傳士道香(제봉사전사도향)
從學讚吟君子道(종학찬음군자도)
月盈天映我心塘(월영천영아심당)

癸巳 春月 古潭 鄭在根 謹作

후조당에서 자며

스승은 제자를 사랑하여 후조당을 내리시고
제자는 스승을 받들어 선비의 향취를 전하였네
후학이 선인의 덕을 찬양하고 음미할 때
보름달은 하늘을 가득 채우고 내 마음에 비추이네

계사년 봄 고담 정재근 삼가 지음

戀鄉 (연 향)

覓柱幺忠不未傳(멱주요충불미전)
見親一孝勿弗懸(견친일효물불현)
以魚故里褒眞孝(이어고리포진효)
願必忠魚現故川(원필충어현고천)

戊戌 孟夏 古潭 鄭在根 謹作

고향을 그리워하며

큰 인물 찾으려면 작은 충성조차 캐어 전하고
참효자 만나려면 한 조각 효도마저 칭찬해야 한다
내 고향 논산은 효자고기로 참효를 기려왔는데
이제는 논산천에 충성고기 나타나기를...

무술년 초여름 고담 정재근 삼가 지음

6부
환생

낙 엽

여름내 만나고 싶었지만
애처로이 바라만 보았다

그 모진 바람도 폭우도 천둥도 번개도
나를
울렁이는 허공에서
내려놓지 못했다

따뜻한 가는 햇살 한 가닥
살랑이는 가을바람 타고
살포시 내게 앉은 날

비로소 그는 나를 놓아
네게로 보냈다

손닿을 듯 가까운 그리움이
5개월의 간절함을 거쳐
5초의 펄럭임으로 마무리된 날

모든 생 다하면 돌아가는 너의 품에서
영겁으로 환생하여
나를 놓아준 그에게 다시

올라가고파

새로운 그리움으로
하얗게 뒤척인다

환 생

나는 나의 기억 한편을 소중히 추억하며
희지도 않고 검지도 않은 그 추억들을
두 손안에 살포시 가두어
죽음까지 함께할 가슴에 묻으리라

나 죽은 후 나를 추억하는 이 있어
내 다시 살아나거든
가슴에 묻은 그 추억도 다시 일어나

나
영겁으로
환생하리라

대 모 산[*]

물 한 모금 먹지 못해
비쩍 마른 너의 등짝위에
침목처럼 촘촘히 박힌 멍에를 짓밟으면
푸석한 살거죽에 겨우 붙어 있던
검붉은 껍질가루 풀썩 솟는다

한목숨 연장하려 빈대처럼 붙어
할딱이는 나의 들숨에
너의 비릿한 핏빛 날숨 쏟아 넣고
푸른 풀 그리워 헐떡인다

허리는 구멍이 숭숭 뚫려
찬바람 무시로 나드는데
핏줄 투욱툭 불거진 메마른 등짝에
제 목숨만 아끼는 천만의 나를 업고
태초의 푸른 자유 몽롱히 그리며
너, 대모산

애처로이 깔딱인다

[*]서울 강남구 개포동에 있는 산, 구룡산과 붙어 있음.

복실이

대전 대흥동 관사골목
내가 살던 그 집
은행나무 뿌리 옆에는
세상빛 잠시 보고 이름 잠시 가졌던
강아지 두 마리
복실이와 바둑이가 묻혀있다

복실이가 묻힌 그 자리에
먼저 간 놈 외로울까
바둑이도 옆에 뉘였는데

도둑고양이 어미가 날 때부터 시원찮다고
젖도 물리지 않던
이름조차 지어주지 못한 새끼고양이

가시처럼 야윈 얼룩몸에 새벽 별빛 묻히고
눈에는 눈꼽 다닥다닥 붙인 채
진홍 모란꽃잎 베개하고 잠든 그 녀석도
바둑이 옆에 뉘였다

그 집 팔려 허물리는 그날
내 반드시 돌아가 은행나무 뿌리 보리라

바둑이
– 보신탕을 먹지 않은 지 10년이 되어

태어난 지 몇 날인지 만에
유성시장에서 만원에 팔려
식칼로 대충 구멍 낸 라면박스에 넣어져
은행나무 두 그루 마당 가득한
대흥동 낡은 집으로 왔다

얼룩무늬 예뻐 바둑이라 불린 녀석
함께 온 복실이와 뒹굴며 행복하더니
오리고기 뼈째로 아작이던 복실이가
저 세상으로 간 후
시름시름 앓았다

심장에 치명적인 바이러스가 있다고
애기 손가락만큼 가는 손목에
항생제 영양제 바늘 꽂으며
한 달을 버텼다

눈동자 뿌예지고
발딱거리던 가슴 잦아들고
티끌도 불어 올리지 못할 여린 숨
날숨 한 번 내뱉더니

종잇장 같이 가는 혀
외로 접어 빼물었다

두 손가락으로 얼굴 쓸어 눈 감기고
혓바닥 밀어 넣어 입 오므리고
신문지 위에 대각선으로 놓았다

먼저 간 친구 복실이 옆에 누이려고
은행나무 뿌리 다시 헤치고
신문지에 꽁꽁 싼 가벼움 내려놓을 때

아저씨,
내가 대신 죽을 테니
내 친구들 더 이상 먹지 마세요

아, 강아지조차
친구를 위해 죽는구나!

한 번에 콱 죽으면
얘기 들리지 않을까봐
한 달 내내 고통 참으며
애처롭게
안쓰럽게
처연히
몸 바치는데

오늘도 우리는
누굴 위해 죽지 못해
누구를
죽이기만 한다

사 리 탑

사리탑에 묻힌 중생의 설운 기억들
해방되어 소리칠 그날
달포 늦은 산벚꽃 마음에 담고
나 옆구리 시려 애써 돌무덤 외면한다

방 생

라오스 비엔티엔의
부처님 가슴뼈가 묻혀있다는
누런 황금색 시멘트 사원 앞에서
반생 반생이라고 말하는
어릴 적 우리 고모같이 까맣게 그을린
흰 이빨 드러내고 햇빛에 눈 찡그린
남루한 씬을 입은 그녀에게
얼마냐고 물어보니
여러 마리가 갇힌 새장을 내게 내밀며
오만 킵이라고 했다

나는 두 마리가 든 작은 새장을 이미 왼손에 들고
있어서
여러 마리의 새장을 선택하면
그 두 놈이 불쌍해서 불쌍해서
잠시 망설이다가
이만 킵을 주고
두 놈이 갇힌 새장의
생선가시처럼, 새 갈비뼈처럼 가는 나무창살을 서
둘러 열었다

하늘로 솟구치는 녀석들을 보며

다시 잡히지 말거라...

풀어주기 위해 잡다니
세상에 그런 모순이 어디 한 두 개인가
한손으로는 규제하고 한손으로는 풀어주면서
나름 위안을 삼는 나는
오늘도 매일 사무실에서
내가 잡은 새를 내가 풀어준다
매일 방생하며 스스로를 위로한다

섭 리

내가 지금 마음 아픈 것은
그대의 마음을 아프게 한 때문
준 만큼 받는 것이 섭리라면
이렇게나 많이 그대를 아프게 하였구나

어제 불그레했던 봄 벚꽃이 하얗다

정 동 진

정동진에 해돋이는 언제나 있다
소나무에게도
솟구치는 파도에게도
일찍 잠 깬 갈매기에게도
해돋이는 언제나 있다
태초부터 바다는
하루 한 번씩 스스로의 가슴을 열어
붉은 심장을 보여준다
사람들만 오직
일 년에 딱 한 번
해돋이가 있는 것처럼
북적이고 부산하다

어느 안타까운 죽음 앞에서
– 먼저 간 친구를 그리며

나 지금은 살아
푸른 하늘 밝은 햇살 우러르며
봄바람 얼굴에 간질이는 것이
행복이지만

나 언제 죽어
비와 바람과 시간에 내 몸 녹여
다른 이의 핏줄에, 삶에
녹아드는 그 스밈의 희열이
더 큰 행복일지도...

삶과 죽음은
한 세상의 두 개념이니
같은 세상에는
모두 행복이 있으리니
아니, 반드시 있어야 할 것이니...

이보시게, 친구
우리 함께 행복하세
자네는 그곳에서
나는 이곳에서...

7부
동체대비

동체대비(同體大悲)

새벽,
베란다 낙숫물 소리에

집 앞 감나무 꼭대기 까치는
간밤에 어떻게 지냈는지

처마 밑 집 짓는 제비 쫓으려
솔가지 놓았던 그 때를
후회한다

적적성성(寂寂惺惺)
– 청량사 산사음악회

구름을 벗어난 짙은 암청색 하늘에
삼성월반(三星月半)[*]이 흐른다

꿈이 있어 아름다운 세상^{**}을 노래한
산사음악회도 끝이 났다

떠들썩한 대중도 곯아떨어진 적적(寂寂) 삼경이다

주지스님 홀로 성성(惺惺)하여
연화봉 금탑봉 사이 오층석탑 석가부처 앞에서
키만한 대빗자루로 달빛을 쓸고 있다

*삼성월반(三星月半): 세 개의 별과 반달, 마음心 자를 상징하기도 함.
**꿈이 있어 아름다운 세상: 2014년 청량사 산사음악회의 행사 주제

응 진 전[*]

목 따가운 가을볕이 법당 마루에서 슬그머니 일어나
나한상의 발등을 가만사뿐 지르밟는 오시

병풍처럼 첩첩한 계곡 너머 앞산들이
구름 그림자로 시원할 때

가섭존자 허연 수염 인자하고
아난존자 빡빡 머리 재주 비칠 때

응진전 앞 한 뙈기 텃밭에서 노보살들은
고춧잎을 훑었다

*가섭, 아난존자 등 부처님 제자들을 모신 전각

여름 산사

서래당 앞마당에 지천으로 나뒹구는 땡감
극락보전 배롱나무 진분홍 꽃잎베개 한 잠자리 시신
구층암 모과나무 기둥 뒤로 살짝 숨은 토끼 한 마리
주지스님 감로차 봉지에서 툭 떨어진 검야원 찻잎
하나
행선하듯 몸 낮추고 팔상전 뒷벽으로 스르륵 사라
지는 풍산개 달이
해우소 새벽길 암청색 우주에 선명히 박힌 북두칠성
졸면서 아침공양 떠 넣는 남도소리 배우는 아이
초생달눈 생글거리며 공양그릇 흐뭇하게 바라보는
친구

단단한 햇볕 알갱이 매미소리 날카로이 조각내고
치렁한 별빛 폭포 종소리에 실려 퍼지면
찰나가 영겁으로 영겁이 찰나로

세 상

패랭이, 망초, 애기똥풀
잡초라 불리는 초록에 깃든
꽃들을 짚어본다

빨강, 노랑, 보라, 하양
풀 속에서 삐죽 목 내민
색깔들을 헤아린다

짹짹, 삐육, 꾸루욱, 휫촉
눈 감고 귀 여니
새소리 바람을 휘젓는다

도심 매연 속 얽매여 사는 삶
자연이 그리워도 갈 수 없다고
짜증내고 한탄해도

너 언제 한 번
지긋 눈 감고
조용 마음 벌려
활짝 귀 열고
코 킁킁이며
느끼고 듣고 맡아 보았느냐

온 몸으로 맞아 보았느냐

한 떼기 땅
나무 한그루 풀 한 포기
물 한 움큼에도
삶의 역동이 있다는 걸

손가락 발가락으로는
꼽아 셀 수 없는
무수한 생명이 살아
소리 지르고 있다는 걸

지리산 종주

이 한 생 마치기 전에
꼭 한 번은 장엄을 만나고 싶다, 그 장엄은

노고단 이마에 오도막히 걸터앉아 별을 내려오라는
새벽 그믐달의 손짓일 수도...

내 날숨 묻혀 여명 속에 다시 살아나는
1900 고지의 희뿌연 고사목일 수도...

오십리 산길을 밤새 달려 맞이하는
천왕봉의 일출일 수도...

벽소령 남녘 시누대 무리 속에 아무렇게나 섞여
오후의 따가운 가을볕에 시름짓다가
진초록 꽃봉오리 스르륵 열어 꿀벌 맞이하는
무명초의 육보시일 수도...

머리 처박고 온몸에 꽃가루 묻히면서
꿀질에 여념 없는 그 행위가
세상 모든 탄생을 만드는 가장 숭고한 경이(驚異)인
줄도 모른 채
  은산철벽 화두 드는 것인 줄도 모른 채

그저
그냥
그렇게 살아가는 꿀벌의
응무소주(應無所住) 이생기심(而生其心)일 수
도......

네 팔

여기 가난한 부처의 나라가 있어
가난함이 깨달음으로 안내한다는 것을
깨닫게 한다

공감

네팔 카트만두 공항에
비루먹은 누렁개 한 마리
세발로 서서 졸고 있다
털이 뭉텅 빠진 옆구리 허연 살점 내보인 채
눈을 감고 비틀거린다

선채로 주춤거리며 졸고 있는 너
무엇이 아쉬워 편히 앉지 못해 서서 출렁대느냐
깜빡 눈감았다 깜짝 눈뜨곤 하느냐
눈감으면 저 세상 눈뜨면 이 세상
찰나의 바뀜을 즐기느냐
찰나 속 영겁을 즐기느냐

미련의 끈을 놓지 못해
한시도 편한 마음 어쩌질 못해
조바심에 불안에 졸기만 하는 나도
차라리 너처럼 누구의 앞에 비틀거리며
한 마리 비루먹은 강아지로 떳떳하고 싶다

연 민
– 네팔 카트만두 스와얌부나트 사원의 원숭이를 보고

사람 사는 세상으로 나온 원숭이
사람의 눈과 기준으로 보니
초라하고 불쌍하다

빨간 엉덩이 굳은 뚝살
너덜너덜 방석으로 붙이고
볼펜자루 만한 성기
빳빳이 세워 꺼낸 채
사탕봉지 부스럭 소리에
벌떡 일어나 다가온다

상처난 피부는 고름으로 짓무르고
군데군데 털은 빠져 꾀죄죄한데
한 놈이 등 뒤에서 다른 한 놈 털을 헤쳐
아기처럼 꼬물대는 작은 손가락으로
무언가 뜯어내어 오물대고 뱉어내니
그 모양이 딱 인간, 나를 보는 듯하다

아, 지금 나는
어느 세상으로 와서
그 누구에게 사진 찍히면서
그 누구의 연민의 눈동자에
초라하고 불쌍히 비춰질까

詩作ノト

새 집을 지으면 1

깨끗하게 사는 사람들이 모여 사는 집, 그 집에 드
나드는 모든 인연붙이들도 더불어 깨끗해지는 집이
존재한다면 그 집은 삶의 편리함이라는 물리적 공간
을 넘어 삶의 지향이 된다. 집은 주인을 닮는다. 그 공
간에서 누가 삶을 펼쳤는지가 그 공간의 품격을 규정
한다. 김수환 추기경이 계시던 명동성당, 성철 스님
이 계시던 해인사 퇴설당을 생각해 보면 그렇다. 그래
서 깨끗한 장소의 상징인 솟대는 집보다는 마음에 먼
저 세워야 할지도 모른다. 윤동주의 유고시집, 『하늘
과 바람과 별과 시』는 이 시의 모티브가 되었다.

새 집을 지으면 4

1) 겸선재(兼善齋), 독선당(獨善堂)

은퇴를 한 지금 나는 무엇을 꿈꾸며 살아야 할까?
명예로운 은퇴를 달성한 지금 나는 다시 명예로운 은
퇴생활을 꿈꾸며 살아간다. 유혹은 여전히 있다. 현직
에서 고생했으니 이제는 좀 쉽게 일하고 쉽게 보상받
아도 되지 않을까 하는 안주의 유혹을 뿌리치느라 힘
들다. 나랏일 하느라 가족을 희생시켰으니 이제는 다
른 사람들처럼 땅도 사고 싶고 돈도 벌고 싶다는 유혹
과 싸우느라 힘들다. 그렇다. 공직자에게 진정한 도전
의 시작은 은퇴인 것 같다. "선비는 벼슬을 할 때는 천
하를 바르게 하고 벼슬에서 물러나서는 스스로를 바

르게 하라"는 맹자의 말씀, 겸선천하 독선기신(兼善天下 獨善其身)이 폐부에 와 닿는 요즈음이다. 은퇴하고도 변함없이 공적가치를 가지고 살아가는, 그 어려운 일을 해내면서도 행복한 웃음 머금고 살아가는 선배들을 바라보는 후배들의 마음은 얼마나 흐뭇할 것인가? (2016년 10월, 서울지방변호사회 기고문에서)

2) 불매헌(不賣軒)

2013년 수덕사 방장 설정스님께서 손수 쓰신 상촌 신흠의 시구를 보내셨다. '동천년로항장곡, 매일생한 불매향(桐千年老恒藏曲, 梅一生寒不賣香, 오동나무는 천년을 늙어도 향기를 지니고 매화는 평생을 춥게 살아도 향기를 팔지 않는다).' 그 후부터 이 글은 나의 일터에 늘 같이 있다.

3) 지족헌(知足軒)

2011년 월정사 중대사자암 주지스님의 등 뒤에 걸려 있던 오유지족(吾唯知足) 액자는 지금 나의 거실 식탁 벽에 붙어 우리 가족의 밥 먹는 모습을 내려다본다.

소중한 사람 (2011년 4월 作)

부활절 휴가(4.22~25) 때 여행을 가기로 했는데 대통령 공식순방을 준비하느라 아내와 아들만 보내고 혼자 베를린에 남았다. 뒤뜰 떡갈나무, 늘 듣던 새소리, 목련꽃, 밤하늘의 별들 모두가 새로운 의미로 다

가왔다. 아내가 있을 때는 즐겁게 보이던 세상이 쓸쓸하고 처량하게 보였다. 문득 내가 없을 때 아내도 나와 같은 느낌으로 살아왔을 것이라는 생각이 들었다. 아내는 내가 그녀를 필요로 할 때 늘 내 곁에 있어주었다. 공기와 물처럼 아내는 내 곁에 있는 당연한 존재였다. 그런데 나는 아내가 필요할 때 같이 있어 주지 못했다. 늘 내 일, 내 생각이 우선이었다. 혼자 있으면서 내가 외로운 만큼 아내도 얼마나 외로웠을까 생각하니 마음이 아렸다. 4월 24일은 결혼기념일이었다. 아내 없이 혼자 있어보니 아내가 내게 소중한 만큼 나도 아내에게 소중한 사람이고, 내가 아내를 필요로 하는 만큼 아내도 나를 필요로 하는데 늘 나만 생각해 왔다는 생각이 들었다. 그래서 나도 아내에게 소중한 사람이니 아내가 원하고 나를 필요로 할 때 같이 있어 주어야 한다는 것을 혼자 자연과 대화하면서 깨달았다.

거 울

의미 있는 날에는 언제나 서로에게 편지를 썼습니다. 많은 편지 중 아내의 허락을 받아 하나를 공개합니다. "사랑하는 아내 형심 씨! 내년이면 우리가 결혼한 지 벌써 30년이 됩니다. 짧은 인생에서 강산이 세 번이나 변할 만한 기간을 함께했습니다. 물론 당신을 만난 79년 여름을 생각하면 사실 우리는 우리 인생의 반 이상을 함께해 왔습니다. 그리고 죽음이 우리를 갈

라놓기 전까지 남은 생도 함께할 겁니다. 어제는 신문사에서 스냅사진을 한 장 보내달라고 해서 휴대전화에 저장된 사진을 한참 뒤졌습니다. 나 혼자 있는 사진이 드물어 찾는 데 애를 먹었습니다. 내 옆에는 항상 당신이, 당신 옆에는 항상 내가 있는 사진이 대부분이었습니다. 어느새 우리는 혼자서는 살아낼 수 없는, 혼자로는 행복할 수 없는, 혼자로는 존재의 의미가 없는 연리지가 되어 버렸던 겁니다. 어제 밤에는 어려운 집안일 때문에 힘들면서도 내게 이렇게 말했습니다. "이런 것이 사는 것이라고... 하루 하루 이렇게 넘어가는 것이 삶이라고." 당신의 이 말은 우리가 젊을 때 좀 더 행복하려고 애쓰던 그런 희망의 말은 아니었지만, 그렇다고 삶의 의미를 잃어버린 체념도 분명 아니었습니다. 그렇습니다. 이제 우리는 그렇게 된 것입니다. 사랑이 세월과 결합하여 행복도 고통도 기쁨도 슬픔도 하나로 녹여내어 연리지처럼 우리의 삶을 붙여버린 것입니다. 어느덧 우리는 기뻐 날뛰는 행복을 만들기 위해 찾아다니는 것보다는 한 자리에서 묵묵히 서로를 부둥켜안고 함께 풍진을 견디면서 느끼는 따뜻한 체온만으로도 행복해하는 연리지의 행복을 알게 된 것입니다. 지난 일 년 참 수고하셨습니다. 언제나 나의 앞길만 헤쳐 나가는 데 신경 쓰느라 당신과 가족들에게 이것저것 소홀한데도 나의 길이 세상에 도움이 되는 공인의 길이라 믿고 묵묵히 후원하고 견뎌줘서 고맙습니다. 무엇보다 자신과 세상에 떳떳하려 애쓰는 나로 인해 초래되는 불편하고 부족한 삶을 견뎌줘서 고맙습니다. 오히려 간혹 편해지고 싶은 유혹에 넘어가려는 나를 따끔히 일깨워 줘서 고맙습니다. 유엔공무원으로 새 출발한 지 열흘, 공들여 다시 구한 공직이니 나에게도 가족에게도 주변에도 부끄럽지 않도록 최선을 다하겠습니다. 여보, 형심 씨, 사랑합니다. 생일 축하합니다. 그리고 당신을 만날 수 있도록 나와 당신을 한 하늘 아래 같은 시간에 있게 해 준 섭리에 감사합니다. 2017년 2월, 당신의 사랑 재근 드림"

그 리 움

2011년 여름, 독일에서 귀국하여 잠시 혼자 살 때 사람들은 나에 대한 애정과 관심을 이런 말로 표현하였다. 내 대답을 듣고 '밥 맛'이라고 말하고 싶은 사람이 있었을지도…

공항의 하늘

10년 연애하는 동안 참 많이 티격태격했다. 헤어졌다 다시 만나기도 몇 차례. 차 한 번 타면 바로 갈 수 있는 데도 자존심 때문에 그냥 주저앉아 밤을 하얗게 새운 적도 있다.

아 내

이 시를 몇몇 모임에서 읽었더니 아내가 아니라 내

가 승전보를 울렸다. 내가 서울시장이라면 25년 이상 4호선 충무로역을 애용하는 고객의 이런 시 하나 정도는 충무로역에 걸어주고 싶다.

삼행시 1

2007년 충남 기획관리실장, 무척 바빴다. 점심시간 구내식당으로 가는데 휴대전화가 떨렸다. 옆에 있던 후배에게 보여주었다. 그날 이후 나는 진짜 근사한 사람이 되었다. 통상 우리는 일을 잘 해내기 위해 가정을 희생시켜왔다. 일에 매서운 우리 실장이 아내에게 이런 대접을 받는다는 것이 아마 당시의 공직문화에서는 특이한 일이었던 것 같다. 일도 하고 가정도 지키는 모범적인 사나이... 아내가 만들어 준 나의 브랜드이다. 살아오면서 가장 큰 칭찬이었다. 세상이 힘들 때마다 이 사랑과 칭찬을 되새기며 버텼다. 가끔 특강할 때면 첫머리에 이 삼행시를 소개하곤 한다. 오늘, 지금, 당장, 당신에게 소중한 그 누군가의 이름으로 시를 만들어 슬며시 보내보라고 한다. 그러면 무의미하게 흘러가는 많은 날들 중에 오늘이 당신 인생의 가장 의미 있는 날로 다가올지도 모른다. 달력에 빨간 글씨로 표시되어 있는 남이 만든 날들만 기념하지 말고 내 스스로 기념일을 만들고 기념할 일이다. 그날 나의 그 행위로 내 인생이 바뀌었다면서...

삼행시 2

삼행시_1과 마찬가지로 이 시의 주제는 칭찬이다. 행안부 기획조정실장으로 일할 때 한 후배 사무관이 내 이름으로 삼행시를 짓겠다고 운을 띄워달라고 했다. 이미 삼행시_1의 내용을 다들 알고 있어서 별로 기대를 하지 않았다. 모두들 식상한 표정을 지었다. 그러나 결과는... 어떻게 상사를 이리도 기막히게 칭찬할 수 있을까? 우리는 상사를 칭찬하면 마치 아부하는 것 같아서 칭찬하고 싶어도 꺼리는 경향이 있다. 그런데 기실 상사는 부하의 칭찬을 먹고 산다. 상사란 내가 한 말이나 행동을 부하들이 어떻게 생각할까 늘 귀를 쫑긋하고 다니는 사람이다. 제대로 된 칭찬은 상사로 하여금 조직과 구성원을 위해 온 힘을 다 바치게 만든다. 이쯤에서 상사에 대한 아부와 칭찬의 차이를 알려준다. '상사는 기분 좋지만 나는 기분이 더러우면 그것은 아부다. 상사도 기분 좋고 나도 기분 좋으면 그것은 칭찬이다.' 상사를 칭찬하는 사람, 그래서 조직을 위해 리더를 활용할 수 있는 사람은 이미 부하가 아니라 리더이다.

삼행시 3

담배를 끊고 2주가 지났을 때, 내 생각은 온통 어떻게 하면 창피하지 않게 나의 결심을 물리고 담배를 다시 피울 수 있을까에 있었다. 그때 후배들이 들어와서 이 글이 새겨진 기념패를 주었다. 칭찬하고 믿어 주는 후배들의 마음으로 유혹을 극복할 수 있었다. 질책으로는 평생 지속되는 행위의 변화를 만들 수 없다. 잠시 잠깐의 교정이 아니라 진짜 마음을 바꾸고 행태를 바꾸는 변화는 칭찬에서 나온다. 삼행시_2, 3은 아내가 내게 선물한 삼행시_1의 칭찬정신을 후배들이 본받아 지은 것이다. 시를 발표하게 해준 아내와 후배들께 고맙다. 삼행시_1(최형심 作), 삼행시_2(조아라 作), 삼행시_3(구상 외 作)

가 연 (佳 緣)

인연이라는 말은 사람 사이에 맺어지는 관계라는 사전적 정의를 넘어 그 관계가 이루어지기 위해서는 사람의 의지 이외의 도움도 있어야 한다는 의미를 지니고 있다. 그런 의미에서 큰아들 회원과 부자의 인연을 맺게 된 것은 하늘이 맺어 준 인연, 즉 천연(天緣)이라고 불러도 좋을 듯하다. 아들은 전치태반으로 엄마 뱃속에 거꾸로 들어앉아 크기 시작했다. 여러 의사들은 가망이 없으니 포기하라고 했다. 오직 충남대학교 병원의 노(老)교수님만이 애쓰는 우리를 안타까워하시며 사람의 생명은 하늘에 달려 있으니 끝까지 포기하지 말고 진심을 다해 함께 노력하자고 하셨다. 병원의 임상사례로 기록될 정도로 낮은 생존확률이었지만 이렇게 아들과 우리는 인연을 맺었다. 태어날 때부터 큰 역경을 견디어서 그런지 큰아들 회원은 의젓하고 속이 깊다. 아들이지만 때로는 범접할 수 없는 어려움이 있어 함부로 대하기 어렵다. 부모 입장에서는 여전히 부족한 점도 있고 바라는 바도 있지만 우리는 아들의 참을성과 뚝심을 믿는다. 시를 써 놓고 보니 소중하고 아름다운 만남을 축복하기에 더없이 좋은 시가 되었다. 제일 먼저 후배 공직자인 이인재 실장과 조아라 과장의 아름다운 인연을 축하하려고 마음을 다해 이 시를 붓글씨로 써 주었다. 앞으로도 이 시를 받는 모든 분들에게 축복 있기를 빈다.

아들아, 고마워 (2013년 1월 作)

공무원 생활을 하면서 꼭 지키고 싶은 것 중의 하나가 주민등록과 사는 곳을 일치시키는 것이었다. 집과 땅을 사고 애들 교육시키는 것 등 많은 것들이 주민등록에 바탕을 두고 이루어지기 때문에 이것만 제대로 하면 별다른 흠 없이 공직생활을 마무리할 수 있을 것 같았기 때문이다. 이 원칙 때문에 여러 차례 옮겨 다닌 아들에게 늘 미안한데, 고맙게도 참 따뜻하게 자라 주었다. 2009년 중학교 3학년 둘째 아들 회문이 베를린으로 가기 전에 학교에서 쓴 작문을 보면 눈물이 난다. "어느 날 겨울에 전학을 갔다가 또 어느 겨울이 되면 서울 돌아온다. 내 기억만으로도 몇 번째다. 아버지의 직장 이동으로 움직일 때마다 난 참 슬프다. 친구들과 헤어지는 것도, 정든 집을 떠나는 것도 내가 자주 드나드는 서점, 마켓 등 모두 다 헤어져야 하니까. 이번 겨울이 시작되자마자 서울로 다시 돌아왔다.

몇 년 만에 다시 돌아왔는데도 어색하지 않게 친구들이 기억해주고 반겨주어 기쁘고 고마웠다. 개학이 되어 3-4반으로 반 배정을 받아 새로운 친구들을 사귀게 되었다. 정신없이 지내다 보니 벌써 여름방학이 되어 있었다. 짧은 여름방학 후 갑자기 신종인플루엔자가 퍼져 체육대회, 졸업여행 등 학교행사가 모두 취소되었다. 친구들과 가까이 지낼 수 있는 계기와 추억을 만들 수 있는 기회를 잃어버렸다. 나도 친구들도 아쉬워했다. 그런데 얼마 후 나라에서 신종인플루엔자 예방접종을 해서 우리는 롯데월드에 놀러갔다. 정말 신나게 머리가 아플 정도로 놀이기구를 타고 얘기도 많이 나누었다. 졸업여행을 갔으면 좋았겠지만 그래도 아쉬움은 면했다. 나는 또 겨울 막바지에 전학을 가야한다. 이번에는 독일에 있는 베를린으로…"

어머니와 아들 (2010년 8월 作)

2010년 2월부터 주독일한국대사관에서 외교관으로 근무하던 중 부모님을 독일로 모셨다. 6월 28일 큰아들 회원이와 함께 베를린 테겔 공항에 "짜잔~" 하고 나타나셨던 부모님께서 어느덧 한 달간의 베를린 생활을 끝내시고 7월 24일 한국으로 돌아가셨다. 물론 장손인 회원이가 모시고 갔다. 3대 여섯 식구가 모처럼 함께 모여 즐겁게 지낸 더없이 소중한 기간이었다. 공항에서 부모님과 아들을 떠나보내면서 우리 인생에 대해 생각해 보았다. 사랑하는 사람들을 떠나보내면서 삶을 살고 마감하는 우리 인생에서 가족이란 무엇인가 생각해 보았다. 이 시는 내가 쓴 첫 詩이다. 그 후 용기를 내어 아내, 낙엽 등의 시를 쓰면서 어릴 때부터 지녀왔던 시인의 꿈을 향한 발걸음을 한 발 한 발 내디뎠다.

손가락 편지 (2011년 8월 作)

어머니는 지금도 걱정하신다. 애비는 심지가 굳건한데 단 하나, 먹는 것을 너무 좋아해서 누가 맛있는 것만 사주면 인정에 끌려 부탁하는 것 다 들어줄까봐. 그런데 상대방의 입장이 되어 헤아리는 이런 인정은 전적으로 어머니로부터 받은 것이다. 중학교 1학년 때 부모님은 논산에 계셨고 나는 대전 작은아버지 집에서 학교를 다녔다. 영어공부를 한다고 학원비를 받았다. 어머니는 내가 보고 싶어 논산에서 늦게 버스로 대전에 오셨다. 내가 얘기한 영어학원에 들러 나를 찾았으나 학원 등록생 중에 아들 이름은 없었다. 어머니가 작은아버지 집에 오셨을 때 나는 직감으로 어머니가 알아챘다는 것을 알 수 있었다. 고개를 떨구고 혼나기만을 기다리는데 어머니는 나를 꼬옥 안으셨다. 학원에서 오시면서 계속 울었다고 말씀하셨다. 우리 아들이 분명 돈이 필요했을 텐데 다른 집 같으면 그냥 달라고 했을 텐데 우리가 형편이 좋지 않으니 아들이 돈 달라 소리를 못하고... 그동안 들킬까봐 어린것이 마음 졸이며 살았을 것을 생각하니 계속 눈물이 났다면서 이젠 괜찮으니 더 이상 맘 졸이지 말라고 하면서 내 등을 토닥거렸다. 초등학교 때부터 어머니와 나는 떨어져 살았다. 그래도 어머니의 이런 애틋한 마음이 나를 쳐다보고 있다는 생각은 한 번도 내 곁을 떠나지 않았다. 추석에 어머니 아버지가 차례를 지내러 서울 아들집으로 오셨다. 어머니는 조금이라도 아들을 더 느끼려고 내 손과 몸을 자꾸 쓰다듬었다. "어머니, 아직 저를 알고 느끼실 수 있는 당신에게 감사합니다. 비록 몸은 아파도 마음만은 아프지 않은 어머니를 기도합니다. 어머니, 고맙습니다."

이 사

1989년 충남도청을 떠난 후 2006년 4월에 다시 복귀해서 기획관리실장으로 3년 남짓 고향에서 일한 후 2009년 1월 행정안전부 대변인으로 옮겼다. 나는 대전 대흥동 도청관사에서 살고 부모님은 계룡에 사셨다. 초등학교 때부터 부모를 떠나 살아온 아들에게 어머니는 늘 따뜻한 밥 한 끼 맘껏 해먹이지 못했다는 회한을 품고 사셨다. 대학시절 공무원 시험 막바지에 다들 절이나 고시촌으로 향할 때 나는 공부방 한 칸 없는 논산 집으로 향했다. 시험에 합격하고 내 가정을 꾸리면 어머니는 더 이상 나에게 밥을 해주실 수 없을 것이기에 당신께 마지막으로 기회를 드리고 싶었다. 3개월 동안 어머니 밥을 실컷 먹으며 참 좋았다. 그 이후 이 대전 근무 3년이 어머니에게는 아마도 아들과 심리적으로 가장 가까이 있을 수 있었던 기간이었던 것 같다.

도시의 새벽

아버지는 나에게 연민이다. 내가 힘들 때는 어김없이 아버지의 힘들었음이 가슴에 촉촉이 젖어든다.

만 취

충남 기회관리실장으로 호주 출장 중, 갑자기 샤워기의 물소리가 나에게 그렇게 이야기했다. 쓸쓸했을까? 어릴 때부터 부모 곁을 떠나 사느라 힘들었던 것이 마음속에 깊이 있었을까?

어버이날 하루 전에 (2013년 5월 作)

태산 같았던 선배들이 하나 둘 시류에 녹아 사라지면서 내 마음이 공허해질 때 그 빈자리를 메워주는 존경하는 후배들을 새로이 발견할 수 있는 것은 큰 행복이다. 후배와 술을 먹고 시상이 떠올라 적어 주었는데 며칠 뒤 혹시 그 쪽지 있냐고 물어보니 소중히 간직했다 꺼내 준다. 술김의 생각을 다시 정리하였다.

귀 향

중학교 1학년 때로 기억한다. 당시 나는 대전 가수
원동에 있는 작은아버지 집에 있었고 부모님은 논산
에 계셨다. 한 달에 두어 번 정도 논산에 있는 집으로
부모님을 뵈러 가는 것이 큰 즐거움이었다. 당시 우
리 집의 경제사정은 무척 어려웠다. 몇 년 전의 파산
을 딛고 고향 논산의 산에서 한우를 기르고 있었지만
일꾼 하나라도 줄이려고 틈만 나면 두 분이 직접 가서
일을 하셨다. 여름으로 막 들어가는 토요일이었던 것
같다. 집에 도착했을 때는 해가 뉘엿뉘엿 넘어가고 있
었다. 부모님은 시골에 있는 농장으로 일하러 가셔서
아직 돌아오시지 않았다. 나는 피곤했던지 깜빡 잠이
들었다. 그런데 부엌 문간에서 두 분의 말소리가 두런
두런 들렸다. 당연히 일어나 인사를 해야 했지만 피곤
하기도 해서 그냥 자는 척 눈을 감고 있었다. 그날, 세
상 현실을 긍정하며 희망을 얘기하던 아버지의 말과
나를 굳게 믿고 칭찬하던 어머니의 말이 수십 년이 지
난 지금도 여전히 귀에, 마음에 쟁쟁 울린다. 아들 녀
석 둘을 키우면서 애들 때문에 가끔 마음이 아플 때는
"아범아, 우리 손자들 같은 애들 없다. 눈에 넣어도 아
프지 않는 녀석들 많이 칭찬해 주거라"라는 말이 들리
는 듯하다.

유 산 (2010년 8월 作)

제목을 유산(遺産)으로 할지 우골패(牛骨牌)로 할지

고민했다. 알레고리를 위해서는 우골패도 괜찮을 것 같았는데, 공부시키고 공부하는 것을 전부로 알고 모든 것을 희생한 우리 부모들을 스스로 너무 비하하는 것 같아서, 할아버지가 우리에게 남겨 놓은 가장 큰 자산이라는 뜻에서 유산이라고 써 넣었다. 중농이었던 할아버지가 돌아가실 때 아버지에게 남기신 것은 논 다섯 마지기, 시골집 한 채였다. 아버지는 할아버지가 받은 이 감사패를 이사 할 때마다 가지고 다니면서 잘 보이는 곳에 놓았다. 말 그대로 유산처럼 소중히 하셨다. 어릴 때 효도잔치에서 소고기 국밥 한 그릇 맛나게 잡수시고 자랑스레 감사패를 받으시던 할아버지 모습이 생생하다. 중절모에 두루마기, 단장 짚고 뚝방길 따라 손자와 함께 집으로 걸어가시던 할아버지를 흥얼거리게 한 것은 막걸리 한 잔 그 이상의 무엇이었던 것 같다.

전 설

당신이 죽어도 공부하는 재근이는 부르지 말라는 말을 평소에 입버릇처럼 말씀하시던 할머니는 내가 고등학교 1학년 때인 1976년 8월, 69세로 돌아가셨다. 대전 대사동 하숙집으로 외할머니가 나를 데리러 오셨다. 대전에서 논산 연무대 소룡리 옻나무골 집까지 시외버스를 타고 또 산길을 걷고 하는 몇 시간 내내 오직 내가 갈 때까지만 살아계시기를 바랐다. 나를 위해서는 목숨도 내어 놓으셨을 할머니의 얼굴은 칠월 열나흘 그 밤, 하늘을 가득 채운 보름달보다 더 훤했다. 지금도 내 마음에 그렇듯이... 그 밤, 내가 도착하자 아버지는 내년에는 칠순잔치를 크게 해드리려고 했다면서 엉엉 울었다.

고 향 (2010년 8월 作)

나에게는 생가라고 할 수 있는 논산시 가야곡면에 있는 할아버지의 집을 동네사람들은 "새집"이라고 불렀다. 할아버지는 "새집 할아버지"이고 나는 "새집 손자"였다. 어렸을 때 하나도 새집이 아닌데 왜 동네사람들이 새집이라고 부르는지 늘 궁금했다. 그 이유를 나중에 우리 집안 내력과 대소사에 대해 집안 어르신들과 얘기할 수 있는 정도의 나이가 되었을 때 알게 되었다. 증조할아버지가 자식들 공부를 잘 시키셔서 모두 타지에서 취직을 하거나 공부를 하고 있었다. 할아버지도 당시 아주 좋은 학교를 나오고 충분히 서울에서 취직을 할 수 있었다. 그런데 증조할아버지의 "모두 내 곁을 떠나니 나를 도와 농사지을 자식도 없고 쓸쓸하다"는 말에 둘째인 할아버지가 "그럼 아버지, 제가 취직하지 않고 아버지랑 같이 농사지을게요."라고 했다. 증조할아버지가 얼마나 좋았던지 기와집을 지어 분가를 시켰다. 지금 보면 보잘 것 없는 것 같지만 그 당시 동네에서 제일 먼저 생긴 기와집이었고, 규모는 크지 않아도 사랑과 행랑채가 있고 뒤뜰에는 제사과일인 대추나무, 밤나무를 심었고 문밖에는 감나무까지 있는 전형적인 중부지방 중농의 가옥이었다. 동네 사람들에게는 그 똘똘한 할아버지가 아버지 모신다고 대처로 가지 않고 고향에 눌러 앉은 것이 신기하기도 하고, 자기 자식들도 그랬으면 하는 바람이 있었을지도 모른다. 그래서 "새집"이라고 부르는 데는 일종의 부러움, 존경 이런 것이 있지 않았을까 하는 생각이 든다. 할아버지는 동네 유학자의 역할을 톡톡히 하셨다. 내 기억에 이웃에서 축문이나 지방을 써 달라고 찾아오면 할아버지는 새끼를 꼬다가도 깨끗이 손 씻고 의관 갖추고 정성스레 써 주셨다. 이제는 한 두 분만 남고 다 돌아가셨지만, 생매 할아버지, 바구재 할머니, 배추간이 할머니, 돌쇠댁, 쇠머리댁 등 정감어린 택호는 마음으로라도 저를 한달음에 고향으로 달려가게 한다. 매년 가을 시제 때 어르신들을 뵈면 소 혓바닥처럼 거칠거칠한 손으로 내 손을 꼭 잡고, 새집 할아버지, 돌쇠댁 손자라고 부르며 나랏일 잘 하라고 부탁하곤 하셨다. 아무 조건 없이 그저 당신들 터에서 자라고 당신들 피를 섞어 태어났다는 것만으로 나를 사랑하고, 지금도 당신들의 먼 옛날 기억에 똘똘하게 재잘재잘 나불거리면서 재롱떨고 노래 불러주던 꼬마 녀석이 그저 대견하기만 한 이런 어른들이 마음속에 있는데 어찌 딴 마음 먹고 헛길로 갈 수 있겠는가? 올 가을 시제에는 예년처럼 한산 소곡주나 가야곡 왕주 두어 말 들고 재실(효사재孝思齋)에 찾아뵙지는 못해도 나를 아끼는 고향 어른들을 생각하며 이

곳 베를린에서나마 고향 관련 詩라도 한 수 지어볼까
한다.

향수 (2010년 9월 作)

꽃으로나마 어렸을 때의 추억을 되살리려는 몸짓이
다. 1985년 봄 육군 중위로 영외거주를 하던 당시 양
주군 백석면 유양리 작은 자취집 마당은 내가 처음 가
진 나만의 공간이었다. 내가 자란 시골집 사랑방의 정
취를 고스란히 간직하고 있는 정말 마음에 드는 집이
었다. 의정부시장에서 꽃씨를 샀는데 나도 모르게 고
향집에 있던 채송화, 맨드라미, 해바라기 이런 꽃들만
손에 잡혔다. 결혼 후 마당이 있는 집에서 잠시 살 기
회가 있었는데 아내가 고른 꽃씨 역시 그녀의 집에 피
어 있었던 꽃이었다. 고향집은 거기에 있었던 부모,
할아버지, 할머니는 물론 같은 공간에 깃들어 함께 숨
쉬던 소, 돼지, 닭, 꽃, 과일나무, 심지어 매미, 참새,
그리고 마당에서 노닐던 햇볕, 구름 그림자까지 모든
사물을 한꺼번에 감싸는 총체적 실체인 것 같다. 그냥
그리워만 하지 않고 적극적으로 추억의 공간을 보전
하고 창조하려는 사람들이 많았으면 좋겠다.

행복 2 (2015년 봄 作)

여행은 늘 관조를 통해 새로운 것을 깨닫게 한다.
사실 새로운 것이기보다는 당연한 것, 늘 존재하고 있
는 것의 새로운 의미를 발견하게 한다. 늘 존재하는

것에 대한 고마움을 잊고 있다고 느낄 때, 또 고향과
가족으로 돌아가고 싶을 때는 먼저 여행을 떠날 일이
다. 바다에 면한 거진읍의 한 아파트에서 오징어 배를
보고 시상이 떠올랐다.

찜질방 (2011년 8월 作)

10년 이상 추진해온 도로명주소의 시행을 목전에
두고 정부와 시민단체 사이에 발생한 갈등을 해결해
야 하는 임무를 부여받고 독일에서 갑자기 들어왔을
때 머물 곳이 없었다. 잘 곳이 없어 새벽에 찾은 서울
역 뒤편 찜질방. 평소 찜질이나 목욕을 위해 들렀을 때
는 보고 느끼지 못했던 삶의 편린들이 가슴을 후볐다.

나인(Nein) (2010년 9월 作)

독일말로 나인(Nein)은 No이고 야(Ja)는 Yes이다.
대사관에 근무하는 영국인 운전기사와의 대화이다.
지금 베를린의 골치 중 하나는 자전거의 무법성, 무모
함이다. 자전거타기를 조장하기 위해 자전거 타는 사
람들을 옹호하다 보니, 이제는 안하무인격이 되었다
고 한다. 그런데 자전거와 부딪치면 대부분 자동차 운
전자가 피해를 본다. 자전거가 사고를 촉발시킨 경우
에도 그런 경우가 많다. 그러니 버스운전기사가 당황
할만하다. 그런데 자기는 독일 사람이 아니라는 영국
인 운전기사의 답변이 재미있다. 나라마다 국민의 성
향이 차이가 있기는 있나 보다. 이러한 차이에 대한

지나친 강조는 편견으로 고정될 우려가 있어서 조심해야겠지만... 우리는 세계무대에서 어떤 국민으로 비춰지고 있는지 궁금하다.

인문학적 삶

몇 년 만에 옛날 살던 집으로 돌아와 짐을 정리하였다. 아내와 둘이 앉아 밤마다 책을 정리하다가 문득 버려지는 책들과 남겨지는 책들 간에 차이가 있다는 것을 느끼게 되었다. 버려지는 책들은 대부분 현상을 설명하는 책들로 책을 구할 당시에는 필요한 지식과 정보였지만 시간이 흐르면 다른 지식과 정보로 자주 고쳐져야만 하는 것들이었다. 그래서 그런 책들은 과감히 버리고 필요하면 다시 사서 보기로 했다. 그런데『1979년 이상 문학상 수상 작품집』,『소유냐 존재냐』,『희망의 혁명』등과 같은 철학, 사상서, 시집, 소설책 등은 비록 대학 초년에 읽었던 아주 오래되고 누렇게 변한 보잘것없는 책들이었지만 여전히 간직하고 싶은 책으로 남기고 싶었다. '그래 바로 이것이 인문학의 힘이구나! 사람을 얘기하고 행복의 본질에 대해 탐구하고 정의를 논하고 역사와 사상을 담은 책들은 세월이 흘러도 여전히 살아남을 수 있구나!' 그러면서 문득 나는 '지금 나의 인생을 어떤 종류의 책으로 쓰고 있을까? 내 스스로 써 내려간 나의 인생의 책이 세상에 나오는 그날, 나의 책은 나오자마자 버려지는 책으로 분류될까, 아니면 간직하고 싶은 책으로 분류될까?' 하는 생각이 들었다. "그래, 앞으로 내 인생을 인문학으로 써 내려가는 거야. 현실에 붙잡혀 아등바등 사는 것은 방법론적인 책을 쓰는 삶이겠지. 이웃과 함께 살고, 다소 어리숙하지만 영악하지 않아서 인간의 냄새가 풀풀 나게 살고, 문화와 예술을 즐기며 철학과 가치를 공부해 나간다면 다소 인문학적인 인생이 될 거야." 오늘도 우리는 책을 쓰고 있다. 그 책은 직장을 마치거나, 학교를 마치거나, 생을 마치면 발간될 것이다. 당신은 세태를 좇아 다른 사람과 똑같이 사는 인생으로 길가에 넘쳐흐르는 개성 없는 싸구려 책을 만들고 있는가? 아니면 스스로의 삶에 인문학적 가치를 불어넣으려고 치열하게 노력하는 인생으로 누구나 한 번쯤은 펼쳐 읽고 싶은 매력 넘치는 책을 쓰고 있는가? (2017년 1월 서울신문 기고문 중에서)

행정자치부에 告함 (2014년 12월 作)

안전행정부가 행정자치부, 국민안전처, 인사혁신처의 세 개 부처로 나뉘었을 때 나는 행정자치부차관이 되었다. 긍지를 되살려 용기를 내어 일하자고 이 시를 지어 전 직원 워크숍에서 낭독했다. 이임식 때는 이 시를 후배 사무관이 낭독했다.

수상 소감 (2014년 가을 作)

2014년 한국문학시대 신인상 수상소감을 시로 다시 표현하였다.

약팽소선(若烹小鮮)

스님이 보내주신 약팽소선(若烹小鮮)을 차관 집무실에 걸고 늘 마음에 새겼다. 직접 나서서 일을 챙기고 싶은 것을 참는 것, 직접 일을 하지 않으면서도 일이 되게 하는 것, 부하에게 능력을 발휘할 기회를 주는 것은 참으로 어려웠다. 1989년 대전광역시 기획계장을 할 때 아버지는 부여에서 대전까지 당신 차로 나를 태워다 주시며, 늘 바쁘고 지쳐있는 나에게 "아범아, 아무리 유능한 사람도 혼자 일을 하면 기껏 두 사람 몫밖에 할 수 없다. 관리자는 다른 사람이 일을 하게 하는 사람이다"라고 말씀하셨다. 1997년 미시간대학 유학 시절 교수는 Management를 다음과 같이 정의하였다. "Management is to make other persons work efficiently and effectively." 늘 지혜로 나를 인도하셨던 아버지는 당시 사무관급인 충청남도 가축위생시험소 부여지소장이었다. 아, 아버지 나의 아버지...

뒤로 가는 기차 (2015년 12월 作)

2015년 12월 신임 행자부장관이 발표되었을 때 이제 내 공직을 명예롭게 마무리할 시간이 되었다고 생각하며 이 시를 지었다. 그리고 신임장관의 청문회를

잘 지원하고 후임차관이 임명되어 공직을 떠나게 된
날, 2016년 1월 16일, 이임사 대신 이 시를 읽었다.

이현부모(以顯父母)

어머니는 아버지가 주무관 시절 도청 관사에서 김
장봉사 하던 이야기를 가끔 하시곤 했다. 국장 사모님
이 어려워서 일하는 내내 땅바닥만 보며 다니셨단다.
아들이 바로 그 집으로 실장이 되어 들어왔을 때 아버
지는 수맥 찾을 때 쓰는 뱅뱅 도는 쇠막대를 들고 기
가 좋은 땅이라 아들이 잘될 거라며 좋아하셨다. 남들
은 학군도 좋지 않고 집도 낡아 둔산 신도시에서 사는
것을 선호했지만 나는 도청으로 다시 부임하면 꼭 이
집에서 부모님을 재워드리고 싶었다.

思兩李之節(사양이지절) (2016년 12월 作)

서울 둘레길 3코스는 고덕 · 일자산 코스로 불린
다. 광진교에서 출발해 강동구 고덕산과 일자산을 지
나 수서역에 이르는 26.1km 길이다. 지난해 겨울, 눈
이 분분히 내리는 날 둘레길 3코스를 걸었다. 높이
100m도 채 안 되는 야트막한 산이 고덕산이라 불리
는 유래를 궁금해하던 차였다. 고덕산과 고덕동이 고
려 말 충신 석탄(石灘)이양중 선생의 높은 덕을 기려
지은 이름이라는 것을 알게 됐다. 석탄은 태종 이방
원, 야은 길재, 상촌 김자수, 운곡 원천석 등과 사귀
며 참된 선비의 자질을 길렀다. 문과에 급제해 형조참

의에 이르렀고 조선 건국 후 경기도 광주, 지금의 고덕산 자락에 은거했다. 태종이 즉위한 뒤 옛 친구로서 대하며 출사하기를 권해 현재로 치면 서울특별시장인 한성부윤을 제수했으나 끝내 받지 않았다. 태종이 광주로 석탄을 손수 찾아가니 검소한 복장으로 왕을 배알하고 그 뜻을 굽히지 않았다. 당시 부근에 흐르는 하천을 왕이 묵었다 해서 왕숙천이라고 일컫는다. 조금 더 가니 일자산이 길손을 맞았다. 일자산에는 둔골이 있었다. 강동구 둔촌동 역시 일자산에 은거한 고려 말 충신 둔촌 이집 선생의 호를 따랐다는 것을 깨달았다. 둔촌은 신돈의 전횡을 탄핵하다 생명에 위협을 받자 부친을 업고 경상도 영천까지 피신했다. 신돈이 죽은 후 개경으로 돌아왔으나 벼슬을 마다하고 일자산 부근으로 낙향, 은거했다. 일자산에는 둔촌이 자손들에게 내린 훈교비를 세웠다. 후손에서 정승 5명, 판서 6명, 공신 7명이 나왔다. 두 선비의 벼슬이 필자보다 높지 않았다. 하지만 그들은 높은 절의로 땅과 산에 이름을 새겨 후학에게 참된 선비의 길을 알렸다. 일자산 둔골 부근에 공동묘지가 있었다. 때마침 내린 눈으로 무덤은 희끗희끗했다. 관을 벗은 노선비의 흰머리처럼 느껴졌다. 문득 선비로 태어나 석탄과 둔촌처럼 땅과 산에 이름을 새기지는 못할지언정 부모의 이름을 더럽히고 자식에게 부끄러운 이름을 남기느니 차라리 저 이름 없는 무덤의 깨끗함과 겸손함을 좇는 게 낫다는 생각이 들었다. 그날의 느낌과 결의를 담아 시

한 수를 지어 유혹이 있을 때마다 마음을 가다듬는다.
(2017년 7월, 서울신문 기고문 중에서)

宿後彫堂(숙후조당) (2013년 5월 作)

경북 안동에서 도산서원 방면으로 가다 보면 '군자
마을'로 불리는 광산김씨 예안파 집성촌이 나온다. 종
가에는 후조당(後彫堂)이라는 별청 건물이 있다. 16세
기 중엽 후조당 김부필이 조부의 낡은 집을 고쳐 공부
할 공간을 만들고 이렇게 이름하였다. 그는 퇴계 문하
에서 공부를 하였고 정치엔 뜻이 없어 관직에 응하지
않고 사양했으나 학문과 도덕을 숭상하는 선비의 삶
을 살았다. 당호인 후조당도 "소나무와 잣나무의 푸르
름은 만물이 조락한 추운 겨울에야 알게 된다"는 '세한
연후 지송백지후조야'(歲寒然後 知松栢之後彫也)에서
빌렸을 만큼 올곧게 살고자 노력했다. 퇴계는 제자의
뜻을 가상히 여겨 현판을 직접 썼다. 또 "후조주인(後
彫主人)은 깨끗한 절개를 굳게 지켜, 임명장이 문전에
이르러도 기뻐하지 않는구나"라는 시를 지어 지조와
절개를 높이 샀다. 2013년 5월 후조당에서 하루를 묵
었다. 종가 어르신은 화장실과 욕실을 갖춘 안채가 조
금이나마 편리하지만 별청 오래된 방에서 수백년 전
선비의 향취를 느끼는 것도 좋다고 말했다. 당시 30
여년 공직생활을 했던 필자에게 선비의 출사와 은둔
은 화두였다. 그날 하늘엔 보름달이 훤했다. 대청에서
올려다본 둥근달은 선비의 얼굴이 되어 내게 얘기하

는 듯했다. 달이 얘기하는 말을 옮기니 시가 되었다. 후조당에서의 하루 이후 늘 공직 은퇴 후 삶을 생각했다. 이 시를 종가 어르신에게도 보내드리고 붓글씨로 써서 일하는 방에 걸어 놓고 마음을 비추는 거울로 삼았다. 그리고 3년 후 공직에서 물러났다. 무엇보다 수기치인(修己治人)이 선비의 길이라면 필자는 소년등과하여 수기하기 전 치인부터 했으니 은퇴한 뒤론 공부를 많이 하려고 노력했다. 그러면서 퇴계가 낙향 후 고향에 손수 공부할 집을 지었듯 또 그의 제자가 후조당을 지었듯 필자도 공부할 공간을 손수 마련할 수 있기를 꿈꿨다. 내가 만든 선비의 방에서 책을 읽고 글을 쓰고 차(茶)를 마시면서 후배, 동료, 존경하는 사람들과 사회의 담론을 만들고 싶었다. 또 삶의 이치에 대해 논의하면서 선비의 향취를 후학들에게 남기고 싶었다. 이 시집의 이름인 "새 집을 지으면"은 이런 바람의 표현이다. (2018년 4월, 서울신문 수요에세이 기고문 중에서)

戀鄕 (연 향)

조선 성종 때 은진 사람(현 논산시) 중화재(中和齋) 강응정은 효행으로 이름이 높았다. 그가 노모의 병구완을 위해 한겨울에 잡아다 드린 물고기가 지금도 논산천에 서식하는 '을문이'라는 고기인데 일명 효자고기로 불린다. 어머께서 병환으로 오래 고생하시는데 추운 겨울에 개장국이 먹고 싶다고 하셨다. 겨울에 개장국을 구하기가 어려웠지만 효성이 지극했던 응정은 집에서 20여 리나 되는 양촌장까지 가서 어렵게 개장국을 구했다. 그런데 돌아오던 중 논산천의 얼음에 미끄러져 개장국을 다 쏟아버렸다. 응정은 얼음 위에 주저앉아 "이제 우리 어머니께 무얼 가져다 드리나" 하며 한탄했다. 그때 어디선가 이상한 소리가 들려 주위를 살펴보니 넘어지며 깨진 얼음구멍에 작은 물고기들이 몰려와 소리를 내고 있었다. 응정이 이 물고기를 잡아 어머니께 끓여 드렸더니 맛있게 잡수시고 병환이 나아 오래 사셨다. 그 물고기가 바로 '을문이'인데 지금도 논산에서는 이 고기를 효자고기라고 부르면서 강응정의 효심을 기린다. 효행으로 천거되었고 성종이 효자 정려를 내렸다. 그가 만든 향약을 효자계로 불렀다. 현재 논산시 가야곡면 산노리 효암서원에 제향되고 있다.

대 모 산 (2012년 2월 作)

독일에서 갑자기 귀국한 후 숙소문제가 정리되지 않아 잠시 개포동 독신자 숙소에 몇 개월 있는 동안에 대모산에 올라갈 기회가 있었다. 걸음을 옮길 때마다 먼지가 풀썩 솟구치는 메마른 황톳길에 촘촘히 박힌 나무 디딤돌을 밟으며 뭇 사람들에게 짓밟히고 있는 산이 불쌍했다.

복실이 / 바둑이

사는 곳과 주민등록을 일치시키겠다는 내 원칙의 희생자는 학교를 여러 번 옮긴 둘째 아들 회문이, 그리고 서울에 혼자 둘 수 없어 값싼 시골 기숙학교로 떠밀다시피 보낸 큰아들 회원이다. 그런데 곰곰 생각해 보니 복실이와 바둑이 두 강아지도 이 원칙의 희생자였다. 2006년 행정안전부에서 충남도청으로 발령이 나자 나는 초등학교 6학년인 둘째에게 대전으로 함께 가자고 했다. 나에게는 가겠다고 하더니 나중에 아내에게는 친구 사귀고 이제 좀 학교가 재미있어졌는데, 꼭 가야 되느냐고 살그머니 물어보았다. 강아지를 좋아하는 아들에게 대전에 가면 마당 있는 집에서 강아지를 키울 수 있다는 말로 유혹해서 전학을 시켰다. 대전 유성시장에서 사온 강아지 두 마리를 모두 잃었다.

동체대비(同體大悲)

해인사 퇴설당에서 조계종 종정 법전스님을 뵌 것은 2009년 봄. 대변인으로 장관을 모시고 방문했다. 산사의 노승이 어찌도 세상일을 꿰뚫고 계신지 깜짝 놀랐다. 국사에 도움이 되는 가르침을 달라는 장관의 말에 동체대비로 화답하셨다. 우주 만물은 하나로 연결되어 나와 남이 다르지 않고 사람과 짐승이 따로 없으니 동체대비의 마음으로 나랏일을 하면 어려운 일들이 잘 해결될 것이라고 하셨다.

지리산 종주

2014년 여름, 버킷리스트 하나를 해냈다. 산길 24 킬로를 걸어 일출을 맞는 것은 가히 버킷리스트라 할 만 했다. 동대문에서 밤 9시에 버스로 출발, 새벽 2시 경에 성삼재 주차장 도착, 노고단으로 산행 시작, 저 녁 5시경 세석산장에 도착, 새벽 2시 세석에서 출발 천 왕봉 일출맞이 후 법계사 중산리로 하산했다. 함께한 아내, 노심초사 준비하고 실행한 김윤일 님께 고맙다.

後　記

*

네 분의 부모님 중 두 분이 돌아가셨습니다.
아버지와 장인어른의 상례를 치르며
나는 내 인생을 돌아보았고,
내 삶의 미래 모습에 대해 다짐도 하였습니다.

이 시집은 그저 살아오지 않고 정말 살기 위해
치열하게 몸부림쳐온 저의 기록이며, 앞으로도
그저 살아지는 것을 거부하고 진정 살아가겠다는 의
지의 표현입니다.

그런 의미에서 두 분 상례 후 지인들께 보낸
서신으로 다시 한 번 제 삶에 스스로 족쇄를 채웁니다.

공직자가 대과 없이 은퇴한다는 것에 대하여

사랑하는 선배, 동료, 후배 공직자 여러분!

제 선친(鄭 承자 基자)께서는 수의사로서 지방공무원이셨습니다. 1983년 제가 공무원이 되어 고향 논산시(당시 논산군)로 수습하러 갔을 때 선친은 군의 축산계장에서 도청 축정과로 자리를 옮기신 직후였습니다.

군청 친구 분들은 정 사무관도 아버지가 한 일을 경험해 봐야 한다면서 90cc 오토바이 뒤에 저를 태우고 집집마다 다니며 새끼돼지에게 뇌염 예방주사를 놓게 했습니다. 집 뒷마당 후미진 곳으로 두엄냄새 맡으며 돼지막을 찾아가서 꿀꿀거리는 새끼돼지 목에 주사기를 쿡 찌르면 녀석들은 깜짝 놀라 꽥 소리와 함께 움찔하면서 부르르 몸을 떨었습니다.

주민 삶의 공간에 깃들어 사는 살아있는 것들과의 뭉클한 첫 교감은 제 공직생활 내내 늘 저를 현장에서 주민과 함께하는 지방공무원이어야 참 공무원이라고 생각하게 했습니다. 지방행정을 하는 현장공무원인 것이 정말 자랑스러웠습니다.

선친께서는 농업연구관으로 퇴직할 당시 집 한 채 제대로 장만하지 못하셨습니다. 그래도 아들이 국가의 동량으로 성장하고 있다는 것에 큰 긍지를 느끼셨습니다. 제가 할 수 있는 단 하나는 부모님께서 그토록 살아보시고 싶었던 도청 관사에, 당시 국장이 되어야만 살 수 있었던 그 관사에서 하루라도 주무시게 하는 것이었습니다.

충청남도 기획관리실장이 되었을 때 오래되어 낡고 교육여건도 좋지 않아 남들은 외면하는 도청 관사에 일부러 들어갔습니다. 이사하던 날 날이 어둑어둑해져도 당신들 집으로 가시지 않는 부모님께 "마루에다 이불 두텁게 펴면 주무실 만할 겁니다"라고 말씀드렸습니다.

두 분이 바람 숭숭 들어오는 낡은 집 마룻바닥에 누워 밤늦도록 두런두런 얘기를 나누시며 연방 "좋다 참좋다"라고 하시는 말씀을 들었습니다. 내가 만일 공직가치를 저버리고 무슨 일을 당하면 두 분의 가슴에 피멍이 들게 하는 것이라는 생각으로 살았습니다.

10월, 하늘 좋은 가을 어느 날, 제 평생의 스승이자 공직생활의 멘토이신 아버지가 당신께서 생전에 스스로 마련하신 유택에 누우셨고, 저는 구청에 사망신고를 하였습니다. 정부혁신의 좋은 사례로 제가 소개하던 제도인 상속재산조회도 신청하였습니다. 문중의 공동명의에 이름을 올리신 것 외에는 당신 개인 소유의 땅 한 뙈기 없이, 또 어느 한 곳에도 밀린 대금 하나 없이 깨끗이 정리하시고, 두 분 사시던 대전의 작은 아파트 하나 남긴 것을 오늘 알았습니다.

공직자가 어떠해야 한다고 다들 이야기합니다마는, 퇴직하고 나서 진정 어떻게 살아야 선비의 삶을 사는 것인지를 보여 주셨습니다.

제가 현직에서 물러나자마자 많이 편찮으셨습니다. 나중에 알고 보니 그전부터 불편하셨는데 아들 나랏일 하는 데 지장이 있을까봐 참고 참으시다 제가 은퇴하니 그제야 병원에 가셨던 것이었습니다. 병상에서 자꾸 쇠잔해 가는 아버지를 보면서 30년 후의 내 모습을 보았습니다. 제가 할 수 있는 유일한 일은 한 번이라도 더 찾아뵙고 한 번이라도 손을 더 잡아드리려고 애쓰는 것밖에 다른 방도가 없었습니다.

이제 제게 남은 일은 선친께서 사셨던 은퇴 후의 삶을 그 아버지의 그 아들로 당신처럼 다시 살아내는 것입니다. 아마도 그 삶은 자식에 대한 사랑과 희생을 묵묵히 실천하는 삶이면서도 동시에 은퇴한 공직자가 숙명적으로 지녀야 하는 긍지 반 불편 반이 공존하는 삶일 것입니다.

25년 전 선친께서는 퇴임식 때 당신께서 말씀하시

려던 원고를 제게 보여주시면서 좀 고쳐달라고 하셨습니다. 그러면서 다른 말은 다 고치더라도 "대과 없이 공직생활을 마무리할 수 있게 도와준 선배, 동료, 후배 공무원에게 고맙다"는 말은 고치지 말고 그대로 두라고 하셨습니다.

그때는 잘 몰랐지만 이제는 압니다. 공직자가 대과 없이 공직을 마무리한다는 것의 의미를... 공적가치를 수행하는 공무원은 본질적으로 좋은 일을 하는 훌륭한 직업이기에 공직을 잘 마무리하면 평생 직장생활하면서 좋은 일을 하는 것이니 그 사람의 인생은 성공한 인생입니다.

황망한 중에 조의를 표하시러 멀리에서 오셨는데 식사라도 제대로 하셨는지 챙기지도 못했습니다. 꽃으로 또 여러 가지 방법으로 선친의 명복을 빌어주시고 위로해 주시고 격려해 주셔서 감사합니다. 이렇게 많은 훌륭한 공무원 후배들에게 실컷 절을 받으셨으니 선친의 새로운 여행은 분명 행복할 것입니다.

어렵고 힘든 공직생활이지만 힘을 내서 대한민국의 미래를 밝히는 데, 또 국민을 행복하게 하는 공직자가 되시기를 마음 다해 응원하겠습니다.

부디 집안의 대소사가 있으면 저도 알고 조금이라

도 은혜를 갚게 해주시면 감사하겠습니다.

선배, 동료, 후배 공직자 여러분! 고맙습니다. 사랑합니다.

2016년 10월
불효자 정재근 올림

■ 이 글은 선친 상례 후 행정안전부 직장 동료에게 보낸 감사서한입니다.

성공한 인생에 대하여

　노부모를 고향에 남겨두고 외국에서 근무한다는 것은 나랏일을 하면서도 마음 한편이 늘 무엇인가에 짓눌려 있는 듯한 불안감을 가지고 살아가는 것입니다. 독일로 떠나오기 직전 제 아내는 "아빠가 자꾸 잠만 주무시는 것 같아..." 하면서 눈시울을 적셨습니다.

　저의 빙부께서는 대구사범학교를 졸업하시고 평생 초등교육에 헌신하셨습니다. 제 아내는 어렸을 때 친구들로부터 아빠한테 얘기해서 조회 때 훈시말씀을 짧게 해달라는 부탁을 종종 받았다고 합니다. 늘 아이들 잘되기를 바라며 평생을 사셨기에 누구보다도 노파심이 많으셨던 빙부님이셨습니다. 그래서인지 22년 전 외동딸을 저에게 맡기실 때는 이것저것 걱정이 많으셨는지 말씀이 길었습니다. 그러던 빙부께서 주무시는 시간이 점점 많아진다는 말을 들었을 때 "아, 이제 이별의 시간이 다가오고 있구나." 하는 생각이 들었습니다.

　지난 5월 3일 빙부(崔 秉자 昊자)께서 새로운 여행을 떠나셨다는 연락을 받았을 때 제일 먼저 아내에게 어떻게 말을 꺼내야 할 것인지가 걱정되었습니다. 마침 그때는 이곳 베를린에 와서 2개월간의 호텔생활을 끝내고 집을 막 구해 이사를 했던 터라 아내는 며칠

동안 밥도 제대로 먹지 못하고 이삿짐을 정리하고 있었습니다. 소식을 알리기 전에 저녁부터 먹여야겠다는 생각이 들었습니다. 집 근처 일식당에 가서 생선초밥을 함께 먹었습니다. 그동안 저는 주변에 전화해서 한국으로 갈 수 있는 가장 빠른 비행기 표를 구해달라고 했습니다.

아무리 태연한 척 하려 해도 속마음이 얼굴에 그대로 나타나서 늘 아내에게 마음을 들키곤 했기에 행여 아내가 눈치라도 챌까봐 노심초사했습니다. 저에게 위로받기 전에 다른 사람이 불쑥 아내에게 말을 해서 충격을 받으면 어쩌나 해서 "내 전화 배터리가 다 되어서 직장에서 당신 전화로 연락이 올지도 모른다."면서 아내의 전화를 받아 전원을 꺼놓았습니다.

집으로 돌아와 아내의 손을 꼭 잡고 눈을 바라보고 조심스레 말을 꺼냈습니다. "여보, 당신 아버지... 장인어른... 돌아가셨어." 아내는 이내 침대에 엎어졌고 제가 할 수 있는 일이라곤 들썩이는 아내의 등을 토닥거려 주는 것이 고작이었습니다. 한참을 기다린 후 "처남이 여러 가지 상의할 게 있어서 당신 전화 기다리고 있을 거야." 하면서 전화기를 손에 쥐어 주었습니다. 원래 3일장으로 계획을 세우고 추진하던 장례 절차가 아내의 전화 이후 4일장으로 바뀌었습니다. 아내는 지금 바로 출발할 테니 기다리라고 강하게 말했습니다. 저 역시 부녀간의 정이 남달리 두터웠고 생전에 그토록 사랑했던 당신의 딸이 남편 직장을 따라 외국에 온 탓에 아버지의 마지막 가시는 길을 보지 못하게 할 수는 없다는 생각에 발인 날짜를 하루 늦춰서라도 우리 내외가 도착하기를 기다려달라고 말했습니다.

이렇게 해서 황망히 귀국한 저희 부부를 주변에서 너무나도 큰 위로와 격려로 맞아 주셨습니다. 그동안 저는 제가 받은 것보다 주는 것이 많지는 않다 할지라도 적어도 받은 만큼은 돌려주면서 살고 있다고 생각했습니다. 그런데 이번에 제가 받은 감사와 은혜는 평생을 두고도 돌려줄 수 없을 것 같은 무게로 다가옵니다.

미국의 사상가 랄프 왈도 에머슨은 성공에 대해 이렇게 말했습니다. "성공이란 무엇이든 자신이 태어나기 전보다 조금이라도 나은 세상을 만들어 놓고 가는 것이다. 당신이 이곳에 살다간 덕분에 단 한 사람의 삶이라도 더 풍요로워지는 것, 그것이 바로 성공이다."라고[*]. 성공이 그런 의미라면 저의 빙부는 세상에 보탬이 되고 있는 많은 제자들을 기르셨기에 분명 성공한 인생을 사셨습니다.

그렇지만 저는 무엇보다도 제 아내를 세상에 내놓고 잘 키우신 것이야말로 빙부님 인생의 가장 큰 성공

* 한비야 님의 에세이집 『그건 사랑이었네』에서

이라고 생각합니다. 공무원의 아내로서 어떻게 살아야 할 것인가를 당신의 검박한 생활을 통해 가르쳐 주셨기에 지금의 저희들이 있는 것 같아서입니다.

빙부께서는 그토록 사랑하시던 제 아내를 놓아두고 새로운 여행을 떠나실 때 무슨 생각을 하셨을까요? 대전에 근무할 때는 제 집과 처가가 10분 거리밖에 되지 않았습니다. 그런데도 일 년에 딱 두 번 추석날과 설날만 잠깐 방문했던 저를 불효자라고 생각하시면서 떠나셨을까요? 아니면, 우리 사위 아무 걱정 없이 나랏일에만 전념할 수 있으려면 처가가 번거롭지 않게 해야 한다는 평소의 지론을 실천하신 것에 만족해하셨을까요? 그러고 보니 아내는 결혼 후 지금까지 한 번도 친정을 들여다봐달라고 말을 꺼낸 적이 없는 것 같습니다. 그 아버지의 그 딸 같아 지금이라도 빙부님께 따님 잘 키워주셔서 감사하다고 말씀드립니다. 그리고 제 아내를 사랑하는 것으로 처가에 못다 한 효도를 대신하려 합니다.

이제 랄프 에머슨의 말처럼 "나는 무엇 하나라도 세상에 보태고 있는지, 또 무엇을 세상에 보태었다고 말할 수 있는지?" 곰곰이 생각해 봅니다. 당신처럼 저도 제가 낳은 두 아들을 공부 잘하는 사람이 아니라 이웃에게 조금이라도 도움을 줄 수 있는, 적어도 이웃과 함께 살아갈 수 있는 아이들로 키워냄으로써 세상에 보탬이 되려 합니다.

  그리고 이번에 저희들을 따뜻이 보듬어 주셨던 여러 지인들이 제게 바라는 뜻이 무엇인가를 깨달으려 합니다. '자네는 나랏일을 열심히 잘 해서 세상에 조금이라도 보탬이 되게'라고 무언으로 말씀하시는 그 뜻을 깨달으려 합니다. 그렇게 해서 저의 성공의 꿈을 조금씩 펼쳐 나가렵니다. 다시 한 번 조용히 다짐해 봅니다. "아버님, 당신의 소중한 딸 행복하게 해 주겠습니다."

                           2010년 5월 장인어른을 떠나보내며
                           베를린에서 정재근 올림

■ 이 글은 빙부상례 후 충남도청과 행정안전부 직장 동료에게 보낸 글입니다. 또한 이 글을 고국을 떠나 외국에 근무하면서 마음 한편에 부모님께 늘 죄송한 생각을 가지고 살아가고 있는 대한민국의 외교관들에게 올립니다. 글의 일부 내용으로 인해 장인 장모님을 모시고 사시는 분들이 마음 상하지 않았으면 하는 바람입니다. 참고로 우리나라에서 처가살이는 오랜 관습입니다. 율곡 선생도 외가인 강릉에서 자라고 공부했습니다.

2018. 6. 2

■ 저자 연보

1961년 충청남도 논산시 가야곡면 출생 (아버지 하
　　　동 정승기, 어머니 문화 유경희)
1973년 대전광역시 자양초등학교 졸업
1976년 대전 북중학교 졸업
1979년 대전고등학교 졸업
1982년 제26회 행정고시 합격
1983년 고려대학교 법과대학 행정학과 졸업 (행정
　　　학사)
1983년 총무처 행정사무관 시보
1984년 내무부 발령, 충남도청 근무
1984년 육군 학사장교 복무를 위한 휴직, 보병 제
　　　26사단 근무
1987년 군복무 후 충남도청 복직 (87년 충남 대홍
　　　수 이재민 8만 명 구호 담당)
1988년 충청남도 공주시 민방위과장
1989년 대전광역시 기획계장 (대전광역시 2010 장
　　　기발전 계획 수립)
1991년 내무부 전입
1995년 내무부 (기획계장, 행정계장, 서기관), 국무
　　　총리 표창 수상
1996년 내무부 지방행정연수원 교육1과장 (지방고
　　　시 1, 2기 교육 담당)
1997년 미국 유학 (미시간대 도시 및 지역계획학과)

1999년 미국 미시간대 도시계획학 석사

2001년 행정자치부 복귀 (지역경제 박사공부 위해
          2년 간 휴직했으나 학위는 받지 못하고 귀국)

2002년 청와대 정무수석실 행정비서관실 행정관

2003년 청와대 정책수석실 정책상황비서관실 행정
          관, 근정포장 수상

2004년 청와대 정책수석실 사회정책비서관실, 정
          책조정비서관실 행정관 (부이사관)

2005년 행정자치부 자치제도과장, 자치행정과장
          (민선지방자치 10년 평가 수행)

2006년 충청남도 의회사무처장, 기획조정실장(일
          반직 고위공무원)

2006년 서울대학교 행정학석사 (뉴욕 임파워먼트
          존 프로그램의 정책효과 평가)

2009년 행정안전부 대변인, 홍조근정훈장 수상

2010년 주독일 대한민국대사관 공사, 총영사 (외무
          고위공무원)

2011년 행정안전부 지방재정세제국장

2012년 행정안전부 기획조정실장

2013년 안전행정부 지방행정실장 (지방자치의 날
          제정, 제1회 지방자치박람회 개최)

2013년 대전대학교 행정학박사 (지방자치단체 중
          간관리자 리더십유형이 조직성과에 미치는
          영향)

2014년 한국문학시대 신인상으로 시인 등단, 대전

문인총연합회원

2014년 11월 ~ 2016년 1월 행정자치부차관 (민선
　　　지방자치 20년 평가위원장)

2015년 한국지방자치학회 부회장, 한국행정학회
　　　부회장

2016년 대전대학교 행정학과 초빙교수 (리더십과
　　　거버넌스 강의)

2016년 시군구 초청 직장교육 20여회 (인문학적 행
　　　정과 따뜻한 행정, 그리고 공직가치)

2016년 3월 ~ 2018년 6월 서울신문 수요에세이 기고

2016년 ~ 지방재정위기관리위원회 위원 (시도지사
　　　협의회 추천), 지방자치단체 생산성대상 심
　　　사위원장, 육군학사장교 예맥(藝脈) 창립회원

2017년 2월 ~ 유엔거버넌스센터 원장

고명사의(顧名思義)하는 공직자이자 문인,
따스하고 올곧은 마음을 지닌 정재근의 삶의 철학!

권선복
도서출판 행복에너지 대표이사

『새 집을 지으면』
  시인은 시집 첫머리에서 새 집을 지으면 당호(堂號)
를 짓겠다 합니다. 그리고 중반부에서는 선비에 대해
노래합니다. 이 모든 것에 그가 삶의 지표로 삼아온
자세와, 공직자이자 문인이었던 생활철학이 담겨있습니다.

  옛 선비들에게는 고명사의(顧名思義)하는 생활습관
이 있었습니다. 사는 집과 드나드는 문 하나하나 이름
을 붙이고, 의지와 이상을 담아 늘 돌이켜 보며 삶의
좌표로 삼는 것이 고명사의입니다. "이름을 돌아보며
뜻을 생각한다."라는 고명사의의 정신을 통해 늘 자
신과 주변을 돌아보고, 흐트러짐 없는 생활 자세와 신
념을 유지하고자 한 태도가 나타납니다. 시집의 제목
이 '새 집을 지으면'인 것과 첫머리에서부터 당호를 붙
이고자 하는 삶의 태도를 통해 그의 인생철학을 알 수
있습니다.

사실 정재근 시인을 드러내는 화려한 이름들은 이미 차고 넘칩니다. 그는 육군학사장교로 복무한 후 충남도청, 대전광역시청, 행정안전부 대변인을 거쳐 행정안전부 차관까지 지낸 후, 현재 유엔에서 개발도상국의 행정혁신과 공무원 능력개발에 헌신하고 있습니다. 또 바쁜 와중에도 인문학적 감각을 유지하며 펜을 놓지 않아 2014년에는 〈한국문학시대〉 신인상으로 등단까지 했습니다.

그러나 이 모든 화려한 직함은 그의 활동을 드러내는 것일 뿐, 정작 그가 추구하는 이름은 아닐지도 모릅니다. 그가 진정으로 원하는 이름은 새 집을 지으면 붙이고자 했던 '겸선재(兼善齋), 독선당(獨善堂), 불매헌(不賣軒), 지족헌(知足軒)' 등의 당호에 있을 것입니다. 그리고 선친과 스승들께 물려받은 지조와 사랑, 연민의 가르침을 후손에게도 남기려는 태도가 시집의 곳곳에 묻어납니다. 그 올곧고 따스한 마음에 더욱 이 시집을 향한 찬사를 보내게 되며, 이 사회 모든 공직자들이 지녀야 할 태도가 『새 집을 지으면』 속에 담겨 있다고 생각합니다.

시인의 앞길에 응원과 찬사를 보내며, 끊임없는 창조의 영감이 샘솟길 기원합니다.

'행복에너지'의 해피 대한민국 프로젝트!
〈모교 책 보내기 운동〉

대한민국의 뿌리, 대한민국의 미래 **청소년·청년**들에게 **책**을 보내주세요.

많은 학교의 도서관이 가난해지고 있습니다. 그만큼 많은 학생들의 마음 또한 가난해지고 있습니다. 학교 도서관에는 색이 바래고 찢어진 책들이 나뒹굽니다. 더럽고 먼지만 앉은 책을 과연 누가 읽고 싶어 할까요?

게임과 스마트폰에 중독된 초·중고생들. 입시의 문턱 앞에서 문제집에만 매달리는 고등학생들. 험난한 취업 준비에 책 읽을 시간조차 없는 대학생들. 아무런 꿈도 없이 정해진 길을 따라서만 가는 젊은이들이 과연 대한민국을 이끌 수 있을까요?

한 권의 책은 한 사람의 인생을 바꾸는 힘을 가지고 있습니다. 한 사람의 인생이 바뀌면 한 나라의 국운이 바뀝니다. **저희 행복에너지에서는 베스트셀러와 각종 기관에서 우수도서로 선정된 도서를 중심으로 〈모교 책 보내기 운동〉을 펼치고 있습니다.** 대한민국의 미래, 젊은이들에게 좋은 책을 보내주십시오. 독자 여러분의 자랑스러운 모교에 보내진 한 권의 책은 더 크게 성장할 대한민국의 밑판이 될 것입니다.

도서출판 행복에너지를 성원해주시는 독자 여러분의 많은 관심과 참여 부탁드리겠습니다.